핑크, 블루2

The Memory

핑크, 블루 2 -The Memory-

발행일   2017년 3월 28일

지은이   채 성
펴낸이   손 형 국
펴낸곳   (주)북랩
편집인   선일영   편집   이종무, 권유선, 송재병, 최예은
디자인   이현수, 이정아, 김민하, 한수희   제작   박기성, 황동현, 구성우
마케팅   김회란, 박진관
출판등록   2004. 12. 1(제2012-000051호)
주소   서울시 금천구 가산디지털 1로 168, 우림라이온스밸리 B동 B113, 114호
홈페이지   www.book.co.kr
전화번호   (02)2026-5777   팩스   (02)2026-5747

ISBN   979-11-5987-495-6 04810(종이책)   979-11-5987-496-3 05810(전자책)
          979-11-5987-528-1 04810(set)

이 도서의 국립중앙도서관 출판예정도서목록(CIP)은 서지정보유통지원시스템 홈페이지(http://seoji.nl.go.kr)와
국가자료공동목록시스템(http://www.nl.go.kr/kolisnet)에서 이용하실 수 있습니다.
(CIP제어번호 : CIP2017008067)

(주)북랩 성공출판의 파트너

북랩 홈페이지와 패밀리 사이트에서 다양한 출판 솔루션을 만나 보세요!
홈페이지 book.co.kr   1인출판 플랫폼 해피소드 happisode.com
블로그 blog.naver.com/essaybook   원고모집 book@book.co.kr

채 성
장편소설

핑크, 블루 2

The Memory

북랩 book Lab

프롤로그

비가 조용히 내린다. 오늘 내리는 비는 페퍼민트 냄새가 난다.

전철을 타기 위해 대기실에 들어서니 어디서 피아노 소리가 들려 왔다.

모 가전회사에서 설치한 분홍색 피아노가 놓여 있었다.

그날 밤. 비는 더욱 거세게 내렸다.

천둥 번개가 요란스럽다. 하늘의 울음소리는 처연했다.

그는 오늘도 버드나무처럼 흔들리고 있다. 빗소리에 취한 듯도, 수면제에 취한 듯도, 밤새 흔들거렸다.

창밖에 고인 빗물 위로 못다 한 마음들이 일렁거렸고, 그는 그곳에 '풍덩' 빠져들었다.

차례

/

/

기억

파란은 전철역에 새워진 백화점에서 영화를 한편 보고 쇼핑을 한다. FRESH MART에 들려 장을 보고, 집으로 가기 위해 역 대합실에 들어서려는데 아기가 눈에 들어왔다. 유모차의 앞 챙이 길게 내려져 있어서 아기의 얼굴은 보이지 않지만 꼬물꼬물한 발가락을 보니 참으로 예쁘게 생겼을 것 같다. 물론 아기들은 다 예쁘지만. 아기엄마는 야리야리한 몸에 가슴만 볼록하니 산처럼 우뚝 선 것으로 보아 모유 수유를 하는 듯하다. 경아가 아기를 낳았다면 딱 저 모습일 것 같다. 비상구(EXIT)라고 써져있는 대합실 문을 열어주자 경아의 미소를 간직하고 있는 아기엄마가 민들레처럼 방긋 웃으며 고맙다고 인사를 하고 들어섰다. 경아에게는 비상구가 없었을까? 마음속에서 의문이 불쑥불쑥 고개를 내민다. 버섯코처럼 끊임없이 질문을 던져본다. 경아가 지금이라도 그곳의 비상구로 나와 내 꿈속으로 돌아와 주었으면 좋으련만, 어쩌면 꿈속에 한 번도 나오질 않는 것이야? 마음이 싱숭생숭한데 어디서 피아노 소리가 들려왔다. 모 가전회사에서 설치한 분홍색 피아노가 놓여 있었다. '아무나 치는 피아노'라고 쓰인 피아노 앞에 웬 남자가 앉아 연주한다. 그 선율이 너무 고와 파란은 자기도 모르게 그 앞 벤치에 앉아 시간이 가는 줄도 모르고 감상을 했다.

다음으로 한 무리의 교복을 입은 여고생들이 몰려왔다. 그 중 한 학생이 피아노 앞에 앉았다. 교복을 보니 상의는 빡빡한 것이 톡 터질까 아슬아슬하고, 치마는 꽉 붙어 마치 미니스커트 모양이다. 우리가 학교 다닐 때만 해도 여학생들의 교복치마는 무릎 밑으로 내려와야 했고, 상의도 저리 빡빡하지는 않았다. 그 무리가 연주를 끝내고 잠시 공석이었다. 앞 연주는 교복에 신경이 팔려 제대로 감상도 못했다. 잠깐의 공백이 있고 난 뒤 피아노 옆에서 고개를 숙이고 바닥을 내려 보며 무심히 걸어와서 피아노 앞에 그 여학생이 앉았다. 그 학생 역시 교복이 빡빡하고 미니스커트다. 크고 까만 눈망울의 진홍의 뒷모습이 아스라이 보였다. 피아노 연주가 시작되었고, 듣고 있던 파란은 그 학생 뒤로 어렴풋이 우리 학창시절 여학생들의 모습이 그려졌다. 가늘게 땋아서 묶은 머리카락, 허리가 잘록한 검은 상의에 하얀색 칼라, 무릎 밑까지 내려오는 치마.

"우리가 초등학교, 중학교 졸업앨범은 만들었지만, 고등학교 졸업앨범을 만들지 못했잖아. 그래서 집에 내려올 때면 초등학교, 중학교 졸업 앨범을 자주 찾아봐."

바람의 영혼이 갈대숲을 지나 호수의 물결을 타고 잣나무 숲과 소나무 숲을 따라 목련화, 벚꽃, 진달래, 개나리, 아카시아, 밤나무의 향기를 담아 분홍색으로 내게 불어오는데 내게는 왜 외롭게 다가오는 것일까? 파란은 보이는 것, 느끼는 것, 그 이상을 보려 노력했다. 다른 생각을 하느라고 정작 연주는 듣지도 못했다.

또 한 무리가 "김 선생님, 저기 있는 피아노 한 번만 쳐봐" 하며 등을 떠민다. 한 여성이 -김 선생인 듯- 못 이기는 척 앉아 피아노 연주를 시작하려 한다. 긴 머리에 잘록한 허리, 치마를 입었지만 넓은 골반과 엉덩이, 보통 연주가 아니었다. '원더풀'을 속으로 외치며 훌륭한 연주를 들었다. 그 김 선생이 파란을 힐끗 쳐다본다. 그 순간 머릿속에서 분홍색 방울이 팡팡 터졌다. 유진 선생님이 보고 싶어졌다. 이내 그 무리도 "김 선생 역시 대단해" 하며 떠나갔다. 그 바람에 전철을 몇 대인지 그냥 보냈지만 아쉬움은 없었다. 파란은 이미 그만큼의 보상을 받았으니까.

이제는 일어서려 하는데, 얼굴이 하얀 아니 창백한 아가씨가 피아노 앞에 앉았다. 이제 갓 대학에 들어갔을 정도의 외모다. 하늘거리는 분홍색 민소매 원피스를 입었다. 원피스가 분홍색 피아노와 잘 어울렸다. 가느다란 목은 파란 혈관이 다 보일 정도로 투명했다. 손바닥을 펴서 문지르면 '뽀드득' 소리가 날 것만 같다.

경아가 연주를 시작했다. 아니 아가씨가 연주를 시작했다. 대합실 전체를 복사꽃으로 가득 채운 연주였다. 이 연주곡은 봄여름가을겨울의 '못 다한 내 마음을'이란 곡이다. 속으로 나도 따라 점을 콕콕 찍는 타보 악보를 눌러본다.

[5. 5. 7. 8 6^8. . 5. 5. 7. 8. 6^8…]

한참을 그 아가씨와 교감을 나누며 정신없이 합주하다가 눈을 떠보니 그 아가씨, 보조개가 살짝 들어갈 정도의 방긋 웃는 모습이 보이는 것 같다. 가늘고 긴 손가락 끝에 빨갛게 봉숭아물을 들인 손톱이 보인다. 그 아가씨 일어나 홀연히 떠나간다. 파란이 허겁지겁 뒤쫓아 가서 물어본다.

"혹시 경아라고 아세요?"

그 아가씨를 바라보는 파란의 시선은, 호기 어린 젊은 시절에 경아를 바라보는 파란이 모습이지만 파란을 바라보는 그 아가씨의 시선은, 그냥 웬 아저씨.

"제가 보이세요?"

핑크빛 실루엣. 모든 것이 다 멈추어 섰다. 세상의 외딴섬. 파란이만 홀로 살아서 움직인다. 온 세포가 살아서 춤을 추고, 온 신경이 발끝에서 시작해서 머리끝까지 곤두선다. 심장은 대합실 벽에 울려 메아리칠 정도로 쿵쾅거린다. 찰랑거리는 귀밑머리를 건드려본다. 감촉이 없다. 손바닥 전체가 뜨겁고, 차갑고, 싸늘한 기운만 느껴진다. 온몸이 화끈거리고, 짜릿짜릿하면서, 싸해지는 것. 그는 카타르시스를 느낀다.

파란이 지금 생각해보니 애당초 전철 탈 일이 없었다. '누군가'의 부름을 받고 그곳에 들어가 벤치에 앉은 것이었다.

우울한 기분이 파란이 양쪽 옆구리로 파고들었다. 외로움이 공허한 파도처럼 밀려왔다. 파란이 병원에서 타온 약을 침대 위에서 챙겨 먹었다.

파란은 깜깜한 어둠 속 동굴로 한 가닥 희미한 기억의 끈을 잡고 들어가 잠들여진다. 봄이 오면 바람에 실려 오는 꽃향기로 주름진 심장이 가득 차올라 거친 떨림이 있다. 흐르는 강물을 거꾸로 거슬러 오르는 연어처럼 가쁜 숨소리를 내며 펄떡펄떡 뛰기 시작한다.

꿈이 시작된다. 붉은 용암을 뿜어내는 활화산처럼 뜨겁다.

"일본의 선승 바쇼는 이렇게 묘사한다.

오래된 연못

개구리 폴짝

'퐁덩!'

주위는 조용하고 선승은 마루 위에서 졸고 있었다.

그때 개구리 한 마리가 연못으로 뛰어들었다.

'퐁덩!'

순간 졸던 자는 사라지고 고요한 그의 내면에 '퐁덩'

소리만 물결쳤다. 그 울림을 통해서 그는 무엇과 만났을까?

그의 '마음의 눈'은 무엇을 보았을까?[1]

우리는 그 울림을 통해서 무엇을 만났을까요?

우리들의 '마음의 눈'은 무엇을 보았을까요?

마음이 녹슬지 않았다면 파문이 일었을 것입니다."

---

1) 류시화, "삶이 나에게 가르쳐 준 것들", 푸른 숲, 1991, p. 15.

첫사랑

진홍이, 파란이. 이야기는 세상에 떠다니는 수많은 먼지, 그 먼지 한 조각보다 작은 어쩌면 텅 빈 곳 속에서 일어난 작은, 아주 작은 사랑이야기다.

파란은 초등학교 때 처음 진홍을 보았다.

파란에게 진홍은 천사 혹은 선녀 그 이상이었다.

진홍이는 늘 친구들의 질투 속에 순정만화에서 쏙 빠져나온 듯이 참으로 예뻤고, 친구들의 질투와 따돌림에도 항상 명랑한 예쁜 미소를 간직했다. 파란에게는 부러움의 대상이었다.

친구들이 진홍을 심하게 놀릴 때면, 파란이 나서 막아주고 싶은 마음이 굴뚝같았다. 그러나 파란은 그때 진홍이 앞에 나설 수가 없었다. 파란이 너무 초라했기 때문이다.

중학교 입학 후에도 파란은 그냥 먼발치에서 진홍을 바라만 보며, 예쁘게 성숙해가는 모습의 진홍을 보는 날은 시계를 부숴 시간을 멈추고 싶었다.

파란이 진홍을 이성으로 생각한 것은 고등학교 진학 후인 것 같다. 파란에게 진홍은 비록 짝사랑이지만 분명히 첫사랑이다. 그런데, 언제부터인가 -파란이 진홍을 짝사랑하면서일 것이다- 초등학교 때에는 진홍이 항상 명랑했었는데, 중학교를 거치면서 진홍은 외로워 보였다. 사춘기가 찾아왔나? 여전히 파란은 다가설 수 없었고, 진홍을 보는 것만으로도 행복해했다.

왜일까. 진홍이 왜 이토록 외로워 보일까? 내 마음이 파란 하늘을 닮아 그리움이 많아서일까? 진홍의 맑고 밝은 웃음 속에도 묘지 위에 핀 도라지처럼 외로움만 보인다.

유난히 검은 머리를 가늘게 땋아서 내린 머리카락, 허리가 잘록한 교복, 고개를 숙이고 무심히 복도를 오가는 느릿느릿한 발걸음. 여리고 여린 사랑.

그 모습을 몰래 훔쳐볼 때면, 마치 아카시아 꽃을 한 움큼 따먹은 듯 입속에 달콤한 향이 배어 나왔다.

파란이 고등학교 2학년 때 운동연습이 끝나 한껏 땀을 흘리고 온몸이 땀으로 젖어서 세면대의 수도꼭지를 틀어 시원하게 머리를 감고, 세수 하고 일어섰는데 진홍이 거기에 서 있었다.

'찰라' 찰나의 순간, 잠깐의 정적이 흐르고 파란이 마음속으로 '수건 좀 빌려줘' 하는 말을 듣기라도 한 듯이 덤덤한 표정으로 터프하게 분홍색 손수건을 내밀어 준 진홍이 손은 한없이 고왔다.

파란은 얼떨결에 손수건을 받아 들었지만 아무 말도 못 하고, 손이 파르르 떨리면서 마음에는 핑크빛 울림이 파도쳤다.

그때, 진홍이 뒤로 펄럭이는 공작의 꼬리. 무지갯빛 휘황찬란한 눈이 파란을 응시하고 있다.

'길을 잃고 헤매다, 너는 왜 이제야 찾아왔니?'

파란은 집에 도착하는 즉시 어머니에게 깨끗하게 빨아 달라 부탁드렸다. 어머니는 다리미로 다려서 곱게 접어 주셨다. 마음은 수줍어하시며.

그러나 파란은 용기가 없어 기회만 엿보다 돌려주지 못하고 교복 주머니 속에 간직했다. 쑥스러워 하는 소년 앞에 아름다운 소녀가 분홍색 손수건을 내밀고 서 있었다. 소년은 다소 수줍은 표정을 지었다.

　'그토록 예쁜 애가 나 같이 평범한 애한테 관심을 보일 리 없어.'

　'파란이 꿈 깨라. 파란이 너한테는 과분한 여자야.'

　그날 밤, 파란은 고통스러울 정도로 격렬하게 뛰는 심장 박동이 느껴졌다.

'각자 자신만의 방식으로 표현하고, 행동하고, 사랑한다.'

산들바람이 불던 어느 봄날. 우연히 시내에서 벗어난 외진 거리에서 파란과 진홍이 마주쳤다. 오늘 부는 바람의 무늬는 꽃신을 신고 색동저고리를 입고 있다. 봄은 그런 계절인가 보다.

진홍의 집은 시내에 있고, 파란의 집은 시내에서 한참 벗어난 깊은 산 속에 있다. '누군가'가 도와준 기회였다. 그런데 이 일을 어쩌나. 집에서 운동하러 내려오면서 -친구들이 술, 담배를 하니. 파란도 호기심이 생겨- 아버지 담배 한 개비를 가지고 나와서 공동묘지에서 피워보고 내려오는 길이었다.

진홍이 앞에서 학생인 파란은 큰 죄를 지은 것 같아 차마 말도 못 걸고 인사도 못 하고 뒷걸음질 쳐서 오래도록 마음이 열린 채로 멀어져가는 진홍의 뒷모습만 바라보았다.

진홍의 하늘하늘한 뒷모습이 너무 쓸쓸해 보여, 파란은 '점퍼를 벗어줄까?' 하고 생각하다 담배 냄새가 너무 심해 그냥 생각을 멈췄다.

그 대신 봄날의 따스한 햇볕을 한 올 한 올 엮고, 정성껏 한 땀 한 땀 따서, 분홍색 골무를 끼고 따뜻한 스웨터를 만들어 가녀린 진홍의 등 뒤에 입혀주었다.

우리가 사는 마을은 작은 시골이다. 초등학교, 중학교, 고등학교가 한 군데씩만 있어서 서울로 유학을 가지 않으면 모든 아이가 어릴 적부터 얼굴과 이름은 다 알고 지낸다.

'우연이란 없다. 모든 것이 신의 계시다.'

파란은 얼마 후, 마을에서 벗어난 외진 길에서 진홍을 두 번째로 우연히 만났다. 처음 만났던 그곳에서 이미 오래전에 약속이 있었던 것처럼. 머릿속에서 핑크빛 방울이 팡팡 터졌다.

첫 번째 만남 때는 미련이 많이 남는 만남이었다. 담배 호기심 때문에 좋은 기회를 놓쳤었다. 이번 두 번째 만남은 '신의 계시다' 생각하고 큰 용기를 내었더니 순조로웠다.

파란이 고개 숙여 웃으며 말했다.

"안녕."

진홍이 따스하게 웃어주었다.

작은 시골 마을에서 초등학교, 중학교, 고등학교를 같이 다니면서 우리가 고등학교 2학년 때 처음 인사를 나누었으니 11년을 학교에서 매일 보면서도 처음으로 나눈 대화가 안녕이라니.

일전에 수돗가에서 "고마워"라고도 못하고, 첫 번째 외진 길에서 만났을 때도 인사도 없이 뒷걸음질 치고, 이제 겨우 진홍에게 "안녕"이라고 했다.

파란은 여전히 진홍의 얼굴을 보지 못한다.

"우리 요즘 자주 만나네."

"그러게."

진홍이 빙그레 웃으며 말한다.

"너는 이 길로 자주 다녀? 지난번에는 처음 보는 사람처럼 냉대하고 달아나더니."

파란이 빨가숭이처럼 부끄럽다. '따스한 햇볕을 한 올 한 올 엮어서, 한 땀 한 땀 스웨터를 만들어 진홍이 등 뒤에 입혀 주었어.'

"그날은 사정이 있었어. 미안해. 그 이유는 나중에 기회가 되면 천천히 이야기해줄게. 이 길은 타일랜드 탑에 다리 근육운동을 하러 다니는 길이야."

타일랜드 탑은 6.25 때 참전한 태국군의 희생 용사를 기리는 탑이다.

"달리기 운동을 왜 타일랜드 탑에서 해?"

"타일랜드 탑에는 계단이 많아서, 뛰어서 오르내리면 다리 근육이 빵빵해지거든." 파란이 달리기 이야기에 흥분했다.

"너는 이 길로 자주 다녀?"

"아냐. 공부하다 머리 식힐 겸. 산정호수 다녀오는 길이야."

"걸어서, 그 멀리?"

"좋잖아, 파란이 너도 만나고. 딱 두 번 걸어갔다 왔는데, 두 번 다 파란이를 만나네."

진홍의 입에서 '파란'이라는 내 이름이 불렸다. 별이 반짝했고, 떨림이 유쾌했다. 파란은 침을 꿀꺽 삼켰다.

파란은 진홍의 기분이 좋아 보여 크게 한번 용기를 내본다.

"진홍아. 너 나한테 시간 조금만 내줄 수 있니?"

머리를 긁적거렸다. 진홍이 이를 드러내며 피식 웃었다.

"파란이 내 이름 알고 있네. 너는 나를 매일 피해 다니고 몰래 훔쳐보면서 나한테 무슨 할 말이 있니? 내 얼굴 똑바로 보고 이야기

할래?"

파란은 떨리는 목소리로 말했다.

"사실 어쩐지 남세스러운데, 부끄러워서 너를 정면으로 볼 자신이 없어."

파란이 주눅이 들어 쭈뼛쭈뼛하며 진홍에게 말을 건넨다.

"저 위에 논둑길 지나서 농수로 보이지 그 위에 다리 보여? 그 다리 건너 저 산 너머가 우리 집이야. 그리로 잠시 걸을 수 있을까?"

"파란이 너 운동하러 안 가?"

"진홍이 너도 공부시간 나한테 빼주면."

진홍은 짜릿한 끌림을 느꼈다.

"파란이 네가 심각하게 이야기하니 들어주어야지. 그런데 저 산 내가 알기로는 공동묘지인데."

"맞아. 공동묘지야. 무서워? 우리 집은 저 산을 더 넘어야 돼."

"무섭긴 무서운데, 파란이 옆에 있으니까 용기 내서 가볼게."

진홍은 격하게 고개를 끄덕였다.

"그런데 공동묘지 입구에 저 집은 뭐야?"

"저거 집이 아니고 창고야. 상여 보관하는 창고. 한번 구경 할래?"

"무서워."

진홍이 떨리는 목소리로 힘없이 말했다. 파란이 웃으며 응수했다.

"이쪽과 저쪽의 경계, 그 사이에 보이지 않는 선하나 있을 뿐인데, 그 경계라는 것이 두툼한 장벽일 수도, 백지 한 장일 수도 있어."

진홍과 파란은 이렇게 해서 공동묘지를 가로질러 걸었다. 봄날의 아지랑이가 다닥다닥 붙은 묘지 이리저리로 넘실거렸다. 봄바람은 그림자처럼 그 둘을 따라 불어온다.

진홍은 몽롱한 표정을 지으며 말했다.

"아무리 예쁘게 가꾼 정원이래도 돌 틈 속에 피어있는 제비꽃이 있는 자연의 풍경만큼 아름다울까?"

산을 하나 넘으니 큰 산이 나왔고, 그 산 아래에 파란이네 집이 있다.

"원래 지금 지나온 공동묘지 길은 샛길이야. 마을을 한참 돌아서 큰 개울 다리를 건너서 한참을 걸어 올라가야 해. 옛날에는 다리가 부실해서 비가 많이 오거나, 눈이 많이 오면 다리를 건널 수가 없어 이 샛길로 다녔지. 아버지, 어머니는 채소, 과일을 싣고 읍내로 큰 개울 다리를 건너서 큰길로 다니시기 때문에 이쪽 길은 잘 안 다니셔. 이 길은 내 전용 도로야."

"파란이 너 여기 혼자 다니면 무섭지 않아?"

"이 길과, 이 공간은 무섭지 않은데. 정작 무서운 곳은 집이야. 많이는 아니고 조금 무서울 때가 있어. 특히 비가 보슬보슬 내리거나, 눈이 쏴 하고 내리는 밤에는. 산 쪽으로 난 창문 밖에서 '누군가'가 나를 바라보고 있는 것 같아. 창문 밖으로 '누군가'가 보일 때, 그럴 때면 삶과 죽음이 모호해져. 창문 밖 묘지 위에 핀 도라지는 살아있고, 방 안에 있는 낮에 캐다 심은 더덕은 죽어가고 있어. 비나, 눈이 아주 많이 내리는 날에는 더욱더 간절하게 창문 밖 '누군가'가 나를 들여다보는 것 같아. 나는 창문을 열고 그곳에 있는 '누군가'를 초대하지. 그러면 그녀는 열린 창으로 분홍색 하늘하늘하고 짧은 원피스를 곱게 차려입고 아카시아 꽃을 한 아름 안고 수줍게 놀러 오지. 그러면 내방은 짙은 꽃향기로 가득하지만, 밖은 더 무거운 어둠, 두툼한 어둠에 싸이지. 새벽이 오는 길이야."

"'누군가'가 부러운데." 진홍은 표정이 샐쭉해졌다.

"가끔, 시내에서 늦게 들어올 때면 귀신도 만나."

"파란이 너. 나 겁주려고 하는 말이지."

"맞아, 뻥이야. 이 산을 뺑 둘러 재미있는 것이 얼마나 많은데. 머루, 다래, 샘물, 산딸기, 화사, 개암, 계곡 물, 돌배, 개 복숭아 등등. 산 정상에는 독수리 바위도 있고, 저쪽 산 중턱에는 동굴이 있는데 내 은둔처야."

"여기가 무슨 숨겨진 파라다이스야?" 진홍은 믿기지 않는다는 듯이 비아냥 투로 말했다.

"나중에 여름에 오면 머루하고, 다래하고 따서 샘물에 씻어 동굴에 가서 먹으면, 입안을 매혹하는 맛이 시원하고 좋아. 그때 꼭 와줘."

"동굴은 무섭지 않아?"

"무섭지. 산신령님도 계시고, 황금 박쥐도 있어."

"야! 무서워. 거기는 가지 말자."

진홍은 다소 흥분해서 소리쳤다.

"헤헤. 동굴 무섭지 않아. 거기 가면 동굴바닥에 솔잎 긁어서 깔고, 소나무 가지 쳐서 깔고, 그 위에 가마니 쫙 깔아 놨어. 담요도 있고, 입구에는 큰 깡통에 땔감 나무도 잔뜩 쌓아두었어. 밤에 가끔은 거기서 자기도 하고, 산에서 놀다 비가 오면 동굴 입구에서 깡통에 불 피워 놓고 동굴에서 내리는 비를 느끼기도 해. 은둔자의 마음으로."

"모기, 하루살이 같은 벌레는 없어?"

"쑥 태우면 돼. 지금 시중에 파는 모기향들 재료가 쑥이잖아."

진홍과 파란은 한참을 걸어 독수리 바위에 도착했다. 진홍이 이마에 맺힌 송골송골한 땀방울을 파란은 하늘색 손수건으로 닦아 준다.

"이 바위 정말 독수리 닮았다." 파란은 부정하지 않았다.

"정말 독수리야. 지금은 바위지만 해가지고 어두워지면 밤하늘을 날아다녀. 이리 와서 바위에 누워봐, 하늘이 더 파랗게 보일 거야. 내 이름이 그래서 파란인 거야. 앞으로 파랑이라 불러."

"정말 파랗다. 파란 하늘을 이렇게 누워서 본 것은 처음이야."

진홍은 몽롱한 표정을 지으며 말했다.

파란은 진홍이 밑에 가마니를 깔아 주었다.

"진홍이도 공부만 너무하지 말고, 가끔은 가마니 한 장의 여유를 좀 느껴봐. 온 세상이 다 그 속에 있어." 진홍은 부정하지 않았다.

"저쪽, 파란 하늘 위에 하얀 구름이 백색 도라지 같다."

진홍은 숨을 한번 크게 들이마셨다. 집 앞마당에 차가 보인다. 부모님이 채소 싣고 장에 나가셨다가 이제 돌아오신 것 같다.

"진홍아 너 배고프지. 점심 식사해야지."

"나, 여기 구경하는 것이 더 좋은데."

"점심 먹고 다시 올라오자."

아버지, 어머니는 파란이하고 진홍을 보고 호기심 어린 눈으로 파란을 바라보셨다.

"진홍아, 인사드려. 우리 부모님이셔. 애는 내 친구 진홍이에요."

진홍은 봄날의 노고지리처럼 간드러지게 인사를 드렸다.

"아! 그 손수건." 하고 어머니께서 수줍게 말씀하셨다.

손수건은 여전히 파란의 교복 주머니에 있다.

"우선 저 느티나무 아래 평상에 가서 앉아 있어. 밥이야 집에서 매일 먹을 것이고 우리 집 반찬이라야 채소밖에 없으니. 별식으로 맛있는 수제비 끓여 줄게. 괜찮죠?"

"그럼요. 제게는 아주 진수성찬일 것 같은데요."

아버지는 가마솥에 물을 팔팔 끓이고, 어머니는 밀가루 반죽을 뜯어 넣고, 감자 썰어 넣고, 호박 썰고, 고추 썰고, 깻잎 썰어 넣고. 간장에 파 잘게 썰어 넣고, 고추 잘게 썰어 넣고, 깨소금 조금 뿌려서 양념장을 만들고. 작년에 담근 배추김치 한 포기 서걱서걱 썰어서 식단이 완성됐다.

수제비에 간장 양념 그리고 배추김치. 조촐하게 한 상이 차려졌다.

부모님은 파란이 너무 외진 곳에 살아서 친구가 많이 없는 것이 미안했는지, 진홍이 마음에 들어서인지, 진홍을 반갑게 대해 주었다.

아버지, 어머니는 진홍이하고 내가 먹는 것을 보면서 흐뭇한 미소를 지우셨다. 진홍은 수제비 하나 뜰 때마다 "맛있다. 맛있다."

"정말 잘 먹었습니다. 고맙습니다." 진홍이가 인사를 건넸다.

어머니께서는 "자주 놀러 와요. 다음에는 닭 잡아서 백숙해줄게요."

"정말이죠? 자주 올게요. 그리고 말씀 편하게 해 주세요."

이때, 아버지께서 덤덤한 웃음을 짓고 일어서신다.

"여보. 우리도 끼니 때우고 좀 쉬었으니 밭일하러 갑시다."

"아버님 저도 같이 밭일해도 돼요?"

"예쁜 친구는 그냥 재미있게 놀다 가요" 하시며 어머니하고 밭일 하러 가셨다.

파란은 잠시 방에 들어갔다 나와서 진홍과 함께 독수리 바위로 향했다.

"밤에는 저 파란 하늘이 마술이라도 부린 듯이 별들이 저마다 고운 빛을 어찌나 뽐내는지. 누가 그 별들을 그곳에 못질해놨나 모르겠어. 이제 눈을 감고 독수리 등에 타고 날아다니는 꿈을 꿔봐."

진홍은 말없이 눈을 감고 한참을 누워 있었다. 파란은 점퍼를 벗어 진홍의 머릿밑에 넣어 주었다.

독수리는 긴 날개를 펴고 높은 창공을 날아오른다. 진홍은 가까스로 눈을 뜬다. 저 아래로 보이는 것은 모두 점으로밖에 표현을 못 하겠다. 이제 자유롭게 날고 있는 독수리에 진홍은 몸을 맡기고, 진홍이 또한 자유로운 영혼으로 같이 날아오른다. 멀리 명성산의 억새밭이 햇빛에 반짝이는 듯이, 산정호수의 물이 햇빛에 반짝이는 듯이 눈이 부시다.

'찰라' 아주 작은 찰라. 그 순간에 진홍의 삶에서 처음으로 느낀 조건 없는 자유로움이었다.

'파란 하늘에 하얀 구름 떼가 지나가면 대지 위의 모든 열매가 알알이 채워지고. 진홍이 마음도 기쁨으로 꽉 차오르는 것 같다.'

"독수리가 오늘 신났을걸. 매일같이 남자만 태우다가 아름다운 여신을 처음 태워 봤거든."

진홍은 독수리 바위를 쓰다듬으며 "고마워요"라고 인사했다.

"그런데 저 옆에 넓적하게 우뚝 선 저 바위는 이름이 없어?"

"저 바위는 이름이 없는데 지금 지을까? 자살 바위 어때?"

바위 겉으로 새끼줄을 묶은 모양의 무늬가 있다.

"파란아. 그 이름은 너무 흉하다. 바람도, 구름도 모두 쉬어가라
고 쉼표 바위라고 하자."

"그래. 역시 진홍이다운 생각이다."

"파란아 이제 동굴 보고 싶어."

"그래. 독수리 여행 다 했으면 내려가자."

파란은 진홍과 잠깐 걸어 동굴에 도착했다.

"파란이 네 말대로 정말로 근사한 동굴인데. 초도 있고. 여기다
아주 살림을 차렸군. 무슨 땔감이 이리도 많아."

"땔감 만드는 것도 다 운동이야. 여기 편하게 앉아."

파란은 하늘색 손수건을 꺼내 깔아주었다. 조금 전에 교복에서
꺼내온 진홍의 분홍 손수건은 땀을 닦으라고 손에 쥐어 주었다. 진
홍이 손수건을 보고 목련화처럼 방긋 웃었다. 파란이 얼굴은 두견
화처럼 붉어졌다.

"이 산에서 운동하지 뭐하려고 타일랜드 탑까지 가냐?"

"평일 아침 운동은 산에서 하고, 오후 운동은 타일랜드 탑에서
해. 오늘처럼 노는 날은 그 반대야. 오전 운동은 타일랜드 탑에서
하고, 오후에는 산에서 하지. 제각기 발달하는 근육이 다르거든.
그런데 진홍이 너는 그 길 위에서 왜 자꾸 마주치는 것이야? 너희
집 쪽도 아닌데."

"나. 공부하다 머리 식힐 겸, 산정호수 걸어갔다 오는 길이야."

"자주 그래? 십 리 길을. 솔직히 말해 봐."

파란은 믿기지 않는다는 듯이 되물었다.

"아냐, 아주 가끔…, 사실은 너 그쪽으로 운동하러 다닌다고 이야기 들었거든. 혹시나 해서."

진홍은 한숨을 푹 내쉬고는 마지못해 대답했다.

"그래, 그럼 오늘 진홍이 이 산에 왔으니 내가 이 산에서 겪고 있거나, 과거에 겪은 몇 가지 비밀을 이야기해줄게. 나를 기다려준 선물이야."

파란은 진홍을 위해 혼자만이 간직하고 있는 비밀 보따리를 풀어 놓기로 했다. 그때 마침 소슬바람에 실려 아카사이 꽃향기가 날아왔다. 나비효과처럼 서쪽 산에는 겨자색 구름이 물들고 있었다.

"아니다, 아냐. 오늘은 너무 늦었어. 해지기 전에 내려가려면 부지런히 움직여야 해. 다음에 오면 꼭 이야기 해줄게."

진홍과 파란은 동굴에서 내려와, 진홍이 파란이 부모님께 인사를 드린다. 파란이 어머니께서는 조금 더 놀다 저녁 식사를 하고 가라 하신다.

"어머니. 오늘은 너무 늦었고요. 다음에 또 놀러 오겠습니다. 오늘 수제비 맛있었습니다. 아버님, 어머니 안녕히 계세요."

진홍이 파란을 본다.

"파란아 다음 일요일에 만나. 내가 집으로 올게."

"진홍이 오늘 지나고 내일 아침에는 온몸이 쑤실 걸. 산을 처음 타봤잖아."

"신비로워. 파란이 부모님도 이곳도 참 신비로워."

파란은 진홍이하고 이번에는 큰길을 걸어서 다리를 건너 버스가 다니는 도로에 내려왔다. 산정호수와 시내를 오가는 버스가 한 시간에 한 대씩 다닌다. 진홍이 버스를 타고 떠나는 모습을 보며 파란은 손을 흔들어 주었다. 아카시아 꽃향기와 함께.

진홍은 눈을 감았다. 파란이 손 흔드는 모습이 그림자처럼 따라왔다.

화전(火田)

우리 집은 화전민들이 정착하여 소규모의 화전마을을 이루고 살게 되었다. 몇 해 전부터 한집, 한 집 이사를 나가더니 지금은 마을사람들이 모두 도시로 일자리를 찾아 떠났고, 이년 전부터는 우리 집만 남았다.

소 몇 마리, 흑염소 몇 마리, 닭도 몇 마리 방목해서 키운다. 배 추나 무 같은 채소, 감자, 고구마, 수박, 참외, 고추 등이 우리 집의 수입원이다. 제일 큰 수입원은 인삼이다.

예전에 화전을 일구던 산은 소나무, 잣나무, 꽃나무, 과실수가 울 창한 숲을 이루고 있다.

우리 가족은 아버지, 어머니 그리고 나 세 식구가 전부다. 본가 는 서울에 있다. 일손이 딸려 매일 힘들게 일하시지만, 나에게는 절대 밭일을 시키지 않는다.

"너는 달리기만 잘하면 돼."

부모님은 재배농산물을 손수레에 싣고, 읍내 시장까지 가고 오 는 시간만 여섯 시간이 걸렸었다. 몇 해 전에 트럭을 사서 이제는 시간도 많이 절약되고 수고도 많이 덜게 되었다.

능선을 따라 몇 개의 봉우리를 지나면 명성산의 억새밭이 나온 다. 그곳도 예전에는 화전민들의 삶의 터전이었다고 한다.

산정호수의 북쪽에 명성산(鳴聲山. 923m)이 있다. 산 이름은 고려

건국 때, 왕건에게 쫓긴 궁예의 말년을 슬퍼하는 산새들이 울었다 하여 붙여진 이름이다. 또 다른 이름은 '울음산'이라고도 한다. 그 밑으로는 산정호수라는 예쁜 호수가 있다.

산정호수(山井湖水)는 호수면적이 약 0.24km 정도이며, 농지개량조합의 관개용 저수지로 1925년에 축조되었다.

산중에 묻혀 있는 우물 같은 호수라는 뜻의 산정(山井)이라는 이름이 붙여진 인공호수다.

봄부터 가을까지는 보트, 수상스키, 나무배를 즐기고, 겨울에는 얼음 썰매 장, 아이스하키 장으로 사랑받고 있다. 가을에는 명성산 억새꽃 축제가 유명하다. 동쪽 여우고개를 넘으면 이동면 도평리로 넘어간다.

서쪽으로 망무봉(294m) 등이 둘러싸인 낮은 곳에 사방에서 계류가 흘러든다. 남쪽에는 관음산(733m)이 있는 등, 산으로 둘러싸여 있다. 명성산 기슭에는 동룡폭포가 있고, 산정호수에는 김일성별장 터가 있다. 김일성별장이 위치했던 곳은 동족상잔 이전에는 38선 위쪽에 속해있어 북한의 소유지였다. 산정호수와 명성산의 자연경관이 뛰어나고, 산정호수의 모양이 우리나라의 지도를 뒤집어 놓은 모양이라 작전구상을 위해 별장을 지어놓고 김일성이 주로 머물렀다고 한다.

우리 집은 명산으로 둘러싸여 있고 깊은 계곡이 있으며 그 계곡의 한 자락에서 비켜 자리 잡고 있다. 계곡으로 맑은 물이 흐르고, 집 옆에는 옹달샘이 있다. 집 앞에는 우물이 있고, 수령이 200년 가까이 된 느티나무와 버드나무가 있다. 그 밑에는 평상이 있다.

산속에는 목련, 벚꽃, 개나리, 진달래, 철쭉, 복사꽃, 이화, 라일락, 아카시아 꽃, 눈부신 초록의 생명이 있고 장미, 송화, 밤꽃이 피고 진다. 단풍이 들고, 상고대가 피고, 겨울 눈꽃이 핀다. 복숭아, 배, 사과나무가 몇 그루씩 심겨 있고 머루, 다래, 도라지, 산딸기, 더덕, 개암, 개 복숭아, 돌배와 같은 자연 먹거리가 있다. 각종 나물과 버섯도 있다.

"아카시아 꽃의 달콤함이란 것이, 정말 정신을 잃겠는걸."

진홍의 말에 그때부터 파란은 '산속의 모든 살아있는 존재들에 얼마나 소홀했나?' 반성을 하고, 이제는 그 존재들의 고마움을 새삼 느꼈다.

두견새와 소쩍새가 다정하게 울음 운다.

일요일. 산에서 아침 운동을 끝낸 파란은 깨끗이 씻고, 자전거를 타고 큰길가로 내려갔다. 오늘 진홍이 오는 날이다. 멀리 진홍이 자전거를 타고 온다. 파란이 어젯밤 그려본 그림하고는 빗나간 현실이다. 그게 뭐 중요한가. 진홍이 지금 내 눈앞에 있는데. 둘은 자전거를 몰아 파란의 집으로 향했다.

파란의 어머니께서 미숫가루를 타주어서 그것을 마시고, 파란은 진홍을 데리고 동굴로 갔다.

"파란아. 나 동굴 빨리 가고 싶어. 지난번에 못들은 이야기도 빨리 듣고 싶어."

동굴이 있는 것은 어릴 적부터 알고 있었다. 동네 형들이 있을 때는 자주 놀러 다녔었는데. 마을에서 형들이 한집, 한집 이사 나가고 동생들도 모두 이사 나갔다. 모두 이사 나가고 우리 집만 남게 되면서, 그 이후에는 한동안 무서워 올라가질 못했었다. 그날, 그 일이 있었던 이전에는.

어느 날. 귀신을 본 후 많은 생활의 변화가 왔다. 파란은 가마니 한 장만 있으면 독수리 바위도, 동굴도 무섭지 않고, 어둡기 전에 돌아와야 하는 집도, 친구들과 놀다 자정에 들어오는 날도 무섭지 않았다.

한여름 밤에는 바위에 올라앉아 발가벗은 몸을 하고 달빛에 샤

위 했고, 독수리 바위에 담요 한 장 깔고 누우면 반짝이는 별들이 내 몸에 떨어져 점이 된다.

"이것은 천기누설인 것 같아 이야기 안 하려 했는데, 진홍이 너 한테만 이야기해줄게."

"어느 날인가, 한여름 밤에 독수리 바위에 담요를 깔고 나체로 누웠는데 달도 밝고 별도 총총하니 달빛에 샤워하고, 달의 바다에서 수영하면 반짝이는 별들이 내 몸에 떨어져 별이 돼. 그때부터 내 몸에 우주가 내려와 팔뚝부터 시작해 등 뒤까지 온몸이 별들로 찍혀있어. 어머니는 이런 나를 '점박이'라고, '별박이'라고도 불러. 죽은 이들이 사는 마을에서 나는 보았어. 꿩이 공작으로 변하는 걸. 독수리 닮은 바위가 밤이면 나를 태우고 먼 창공을 날아오르는 걸. 녹색 손바닥을 곱게 펴면 빨갛게 익은 산딸기를 예쁜 색을 띤 뱀이 목을 곧추세워 날렵한 혀로 따먹는걸."

"파란이 어쩐지 비범해 보였어." 진홍이 눈은 생기로 빛났다.

멀리 집 앞에서 아버지께서 우리 쪽으로 손을 흔들고 계셨다.

"진홍아. 아직도 기묘한 이야기들이 남아 있는데 오늘은 이쯤하고 내려가자. 아버지께서 부르신다."

파란은 진홍을 데리고 내려왔다. 어머니께서는 콩을 절구에 찧고, 맷돌로 갈아서 콩국수에 두부와 쉰 김치를 차려주어 맛있게 먹었다. 어머니 정성도 있겠지만 진홍이하고 같이 먹으니 더 맛있는 것 같다.

"어머니, 맛있게 잘 먹었습니다. 매번 이렇게 맛있는 음식은 처음 먹어봐요." 진홍이 감사를 표한다.

파란이 맷돌 손잡이를 잡으며 진홍에게 묻는다.

"진홍아 이 맷돌 손잡이를 뭐라 부르는지 알아?"

"모르겠는데."

"어처구니가 없네, 어처구니가 없는 말, 어처구니없는. 이 어처구니가 맷돌의 손잡이야. 손잡이 아니 어처구니가 없으면 맷돌이 돌아가겠어?"

진홍이 부모님께 인사를 드리고 집을 나섰다.

"파란아 자전거 놔두고 걸어가자. 내 자전거는 내일 학교로 타고 와."

파란은 진홍을 버스 타는 곳까지 바래다주면서 생각한다.

'진홍이를 보고만 있어도, 감히 옆에 같이 걷고 있는 것만으로도. 내 주제에 분이 넘치고, 나같이 매력 없고, 평범하게 생긴 애가 웬일이야.'

파란이 혼자 생각하며 인삼밭과 원두막을 막 지나는데 진홍이 말했다.

"파란아. 세상에서 제일 멋없는 그림이 무엇인지 알아?"

진홍은 파란을 강렬한 눈빛으로 쳐다보았다.

"무엇일까?" 파란이 자신 없게 이야기한다.

"친구나 연인이나 부부가 어쨌든 남녀가 서로 떨어져서 걷는 거라 들었어."

진홍은 말이 끝나기도 전에 파란의 손을 잡았다.

파란의 마음에 설렘이 시작되는 순간이었다.

진홍은 애써 태연한 척 하지만 얼굴이 붉어 오는 것이, 수줍음에 미소를 감춘 제비꽃처럼 다소곳해졌다.

파란의 마음도 한없이 설레고, 심장이 쿵쾅거려 숨을 제대로 못 쉴 정도였다. 어젯밤에 그려 본 그림보다 더한 선물이다.

그러나 진홍이하고 파란은 손을 꼭 잡은 채로, 버스정류장까지 걸어갔다. 모든 잡꽃이 핀다는 밤꽃이 하얗게 필 무렵. 밤꽃 냄새에 취한 듯이, 진홍과 파란은 마음이 흔들 흔들거렸다.

진홍이 수줍게 말한다.

"파란아 내가 오늘 이거 해보고 싶어서 자전거 두고 가자 한 거야."

파란은 생각한다. 초가을 바람처럼 하늘하늘한 진홍의 엷은 미소. 진홍일 담기에는 내 가슴이 너무 작다.

차창 밖으로 손을 흔드는 파란을 보며, 집에 돌아가는 버스 안에서 진정되지 않는 마음으로 진홍은 생각한다.

'사랑일까? 사랑인데.'

'사랑이겠지? 사랑이야.'

설렘, 떨림, 두근거림, 바람, 파도. 또 이렇게 하루하루가 분홍색이면 얼마나 좋을까?

흔히들 사랑이란, 미남과 미녀의 러브스토리를 연상한다. 이는 영화나, TV 드라마의 영향이 클 것이다. 그러나 '갑남을녀'나 '선남선녀'의 평범한 사람들의, 평범한 러브스토리가 더욱 큰 감동을 줄 때가 많다.

　사랑하는 두 사람, 그들 눈에는 '갑남을녀'도 '선남선녀'도 모두 '미남미녀'로 보일 것이다. 외모보다는 내적인 아름다움, 어울리는 영혼이 더 중요할 것이다.

　진홍이하고 파란이 또한 그러하다. 진홍은 미녀이지만 파란은 별로다. 진홍이 '카사블랑카'의 잉그리드 버그만이라면, 파란은 아주 잘 봐줘야 험프리 보가트의 절반 정도. 우수 어린 눈이라도 닮았으면 좋았으런만.

파란은 보자기에 봇짐을 해서 어깨에 메고, 뛰어서 학교에 다녔다. 초등학교 때부터 빠짐없이 지금까지.

고등학교 1학년 때 이미 전국대회에서 고등부 5,000m 달리기 신기록으로 우승한 경험이 있고. '마이웨이'를 주말의 명화 시간에 보고 난 이후 막연하게 마라톤에 관심이 있을 무렵. 파란은 고등학교 체육선생님으로부터 '대학 가서 마라톤 하는 것은 어떠냐?'는 권유를 받고, 5,000m 달리기와 마라톤을 병행했다.

오전 운동은 새벽에 일어나 산을 크게 한 바퀴 돌아 내려오는 2시간 코스다. 봄이 오는 길목에서 봄비가 밤새 내리고 새벽에 맑게 갠 산에 오르면 꼭 구름 위의 산책처럼 안개가 자욱하게 숲과 산을 가린다. 오후에는 체육 선생님 지도로 체계적인 교육을 받는다. 주말에는 타일랜드 탑 계단에서 오르내리는 근력운동을 2시간 하고 근력운동이 끝나면, 산정호수까지 뛰어가 호수를 한 바퀴 돌아오면 1시간이 걸린다. 다시 집까지 가는 시간은 1시간 정도 걸린다. 집에 들어갈 때는 천천히 걸으면서 자연을 벗 삼아 몸을 풀어준다. 파란의 운동은 전국체전 스케줄에 맞춰 계획대로 잘 진행되고 있다. 집에서도 파란에게는 집안일을 절대 시키지 않는다.

"파란이 너는, 오로지 달리는 일에만 열중해."

부모님의 말씀이다.

파란에게 있어서 달리는 것은 단순한 뜀뛰기를 하는 행위가 아니다. 달린다, 달려 나간다. 그것은 가위로 팽팽한 천을 가르듯이 바람을 가르고 날려 오는 꽃향기, 나무 냄새, 흙냄새, 공기 냄새를 맡으며 지나치는 모든 것들의 행위에 귀 기울이고, 그 속에서 스님들이 안 거를 하듯이 자신 안의 목소리에 귀 기울이면서 자기 자신을 영글어가는 것이다. 비록 몸은 낭창낭창한 버드나무처럼 흐느적거려도 마음은 정갈하다.

파란이 앞으로 달린다 하더라도 남들보다 시간을 빨리 쓴다거나, 세월을 빨리 쓰는 것은 아니다. 저녁에 잠이 들어 아침에 일어나면 또 하루라는 똑같은 시간을 모두와 같이 선물 받는다.

파란같이 시간의 싸움을 하는 사람들은 -혹은 파란 혼자 일수도- 시간이란 것은 애초에 존재하지 않았음을 안다. 사람이 시간이란 것을 만들고 그 시간에 얽매어 1분 1초를 다투는 데 애를 쓴다. 시간에 얽매이지 않고 자유롭게 계속해서 달려서 내가 상상하는 모든 것을 느끼며 자유롭게 세상을 가르고 나아가고 싶다.

파란이 집 가훈은 '모든 것은 시간이, 역사는 순간에'이다. 달리기를 하면서 몇 번씩 곱씹어 보는 말이다. 순간순간에 최선을 다해 현재에 충실해야지 먼저 골인 지점을 생각하며 달리면 리듬이 깨져 결과를 그르칠 수 있다. 한발 한발 순간순간을 느끼면 어느 순간 골인 지점이 눈앞에 보인다. 인생도 그러한 것이라고 아버지께서 늘 말씀하신다.

타일랜드군 참전 기념비(泰國軍參戰記念碑). 태국군의 한국전쟁참전을 기념하고, 전쟁 중 피를 흘린 1,296명의 희생을 기리기 위해 건립한 기념비로, 국가 보훈처 현충시설로 지정되어 있다.

1974년 10월 1일 박정희 대통령의 지시를 받은 국방부가 태국군의 마지막 주둔지인 포천, 영북면 야미리의 가파른 언덕을 300m 지점에 부지면적 1만 735m², 기념비높이 12m, 기단높이 3m 규모로 건립했다. 기념비에는 '자유와 평화를 위해 싸운 타일랜드의 육, 해, 공군 용사들! 여기 그들의 마지막 주둔지에 피 흘린 1,296명의 뜻을 길이 새긴다.'라는 비문이 적혀 있다.

기념비 옆으로는 불상을 모신 태국식 사원(寺院) 건축물로 조성되어 있다. 태국군은 한국전쟁 때 육군 1개 대대, 해군 함정 2척, 수송선 1척, 공군 수송기 3대를 파견해 참전함으로써 육·해·공군 모두를 지원하였다.

기념비로 오르는 계단은 30개씩 3칸 90개다. 계단을 오르면 오른쪽으로 해서 100m 정도의 내리막 찻길이 있다. 주위로는 갖가지 나무들로 둘러싸여 있고, 계단을 힘차게 오른 뒤 오른쪽 찻길로 뛰어서 내려온다. 달리기는 계속된다. 파란 하늘이 찢어질 듯 햇살이 내리쏟는 여름날에도.

토요일. 파란이 여느 때처럼 타일랜드 탑 계단을 열심히 오르내리고 있었다. 파란이 타일랜드 탑 계단에서 운동할 때는 복싱하는 친구 기정이하고 같이 운동을 한다. 이때 진홍이 자전거를 타고 간식과 음료수를 챙겨서 찾아왔다.

　"진홍이 안녕. 진홍이 너는 의대 간다는 애가 공부는 안 하고 남학생만 찾아다니는 거야?"

　진홍이 웃으며 응수했다.

　"파란이 너 말을 우습게 한다. 나 기다렸으면서. 그리고 공부는 다 끝내고 왔네요. 또 누구 맘대로 의대야? 기정이도 안녕."

　진홍이 웃으며 응수했다.

　"진홍이 안녕." 기정이 인사했다.

　"파란이 운동 언제 끝나? 나 파란이에게 할 말이 있는데."

　"왜, 무슨 일 있어?"

　"나, 오늘 동굴에 데려가 줘."

　"오늘? 그래, 가자. 그런데 우리 부모님이 친척 결혼식이 있어서, 서울에 올라가셔서 내일 오시는데 괜찮아?"

　진홍은 오늘 하루만 동굴에 머물게 해달라고 떼를 쓴다.

　"파란아 오늘 하루만. 내가 이제는 공부만 열심히 할게."

　파란은 마지못해 대답했다.

"그러면 집에 전화해, 친구 집에서 공부한다고."

"알았어. 파란아." 진홍은 어깨를 으쓱했다.

자전거는 파란이 운전하고 진홍은 뒷좌석에 앉아 파란의 허리를 감싸 안았다. 진홍은 파란의 등 뒤에 뺨을 갖다 붙였다. 파란이 땀 냄새가 아득하니 밤꽃 냄새와 섞여 겨우 진정시킨 진홍이 마음에 설렘이 다시 찾아 왔다.

파란이 두레박으로 우물물을 길어 올려 세숫대야에 담아주었다. 진홍은 손을 담아본다. 대야에 달이 꽉 차 있는 것 같다. 시원하고 달콤한 것이 손에 착착 감긴다. '밤마다 달이 차서 맑고 투명함이 물들었구나.'

"진홍아 너 여기 잠깐 앉아있어. 나 빨리 씻고 올게. 집에 전화해. 마루에 전화기 있으니까."

파란은 계곡 물로 들어가 온몸을 씻고 옷을 갈아입고 평상으로 갔다.

파란이 계곡에서 몸을 씻을 때 누군가 지켜보고 있는 것도 모른 채 모두 벗은 그대로 계곡 물과 한 몸이 된다. 진홍은 집에 전화를 걸려고 마루에 가는 길에 차돌 같은 파란의 몸을 본다. 계곡 물이 참으로 투명했다. 진홍이 눈은 생기로 빛났다. 파란이 무심히 뒤돌아선다. 등 뒤에 검은 점들이 빽빽이 들어차 빛나고 있다. 주위는 모두 뿌옇고 볼록 뛰어나온 엉덩이가 유난히 하얗다. 엉덩이가 하얀 것이 아니고 엉덩이만 빼고 다른 곳이 햇볕에 검게 그을린 것이다. 진홍은 떨리는 마음을 주체할 길이 없다. 진홍은 도덕적 숭고함을 떨쳐버리고 원초적 본능을 느낀다. 오늘 진홍이가 하는 이 행위는 진홍이 인생에서 처음 겪는 기묘한 일이 될 것이다. '이건

뭐지? 선녀가 나무꾼의 옷을 훔쳐야 하는 것인가?'

그날 이후 진홍은 파란을 볼 때마다 진한 보색잔상(補色殘像)을 지울 수가 없다. 진홍과 파란은 진홍이가 싸온 빵과 햇감자를 들고 기타를 매고 동굴로 올라갔다.

"진홍아 동굴에서 밤을 새울 거면 낮에 환할 때 준비를 잘 해둬야 해."

진홍이 기분이 좋은지 마음을 진정시키려는지 노래를 불렀다. 꾀꼬리 같은 목소리로. 진홍이 하늘을 본다. 서쪽 하늘이 붉어지고 있다. 동굴 앞에서 바라보는 노을은 하얗게 내려앉은 구름사이로, 마치 UFO가 날아가기 위해 불을 뿜어 내듯이 황금빛이다. 산속의 밤은 그냥 어둠이 오는 것이 아니라 선물을 가지고 오는구나. 진홍은 마음이 차분해졌다.

하늘에는 별이 빛나고, 파란이 눈에는 진홍이 빛나고, 깡통 속에서는 불꽃이 반짝이고, 동굴 속에서는 박쥐의 눈빛이 반짝인다. 산속의 모든 생명체가 귀를 쫑긋 세우고 진홍의 노랫소리에 귀 기울인다. 파란이 기타를 치고 진홍이 노래를 불렀다. 올빼미가 눈을 굴리며 지켜보고 있다. 손뼉 치는 타이밍을 찾는 듯이.

반짝이는 것이 또 하나 있었다. 반딧불이의 불빛들이 숲 속의 작은 정령이 되어 진홍과 파란, 이 둘을 몽상가로 만든다.

"파란이 기타는 언제 배웠어?"

"초등학교 5~6학년 때부터. 아버지한테 배웠어. 어느 날 서울 다녀오시면서 기타를 가져오셨어. 할아버지께서 사서 보내준 것이라면서. 이곳 산속은 겨울에 눈이 많이 내리면 외딴 섬이 되지. 겨울

방학 동안 밖에서 할 일이 많지 않거든. 그럴 때면 기타 치는 것이 유일한 낙이었어. 아버지께서 방에 화롯불을 들여놓고 기본부터 가르쳐 주었어. 내가 기타를 치면 토끼, 노루, 고라니, 이런 산짐승들이 모두 모여앉아 내 연주에 귀 기울이고 듣고 있었어. 사실은 그 애들은 어머니께서 나눠주는 먹이를 먹으러 내려오는 거야. 눈이 많이 쌓이면 짐승들이 먹이 찾기가 고기잡이거든.”

“파란아 겨울에는 옹달샘이나, 우물물이나, 계곡 물이 전부 얼 텐데, 어떻게 해?”

“눈이 많이 내릴 때는 하얀 눈을 떠서 그것을 끓여서 밥도 해먹고, 씻기도 하고, 마시기도 해. 사실 흐르는 물은 잘 안 얼어. 계곡물도 겉은 얼어 있어도 위만 깨면, 그 밑으로는 물이 흐르고 있어. 무심히 서 있는 느티나무와 버드나무가 밑으로 교감하듯이. 우물물도 위만 살짝 얼어 뚜껑을 닫아 놓거든. 돌을 던져 떨어트리면 다 깨져. 눈이 많이 내려 모든 것이 다 멈춰진 듯이 보이지만, 그 밑으로는 모든 생명체들이 살아 움직여. 겨울은 눈 내리는 소리, 바람 지나는 소리, 산짐승들의 울음소리가 들리는 더없이 맑고 투명한 계절이지. 둥근 달이 차갑게 뜨면 달빛 신비에 다가가는 침묵의 시간. 그 침묵이 산속의 별미이지. 겨울에 눈이 많이 쌓이면 독수리 바위 위로 떠오르는 새벽의 붉은 태양에 하얀 눈이 빨갛게 물들어 올라 장관을 이루지.”

“파란아 이 동굴 속에 정말 황금박쥐가 살아?”

“아냐. 아버지께서 가끔 보셨다는데 나는 한 번도 본 적이 없어. 진홍아 박쥐 잡는 방법 알려줄까? 어둑어둑할 때 깜깜할 때는 말

고. 고무신이나 운동화를 공중으로 높이 던져 올려. 그러면 박쥐
가 그 속으로 쏙 들어가서 같이 떨어져."

"박쥐 잡아서 뭐하게?"

"그냥 재미지. 땅에 떨어지면 곧바로 다시 날아가."

잠깐의 침묵이 왔다. 침묵이 주는 여백은 백 마디 말보다 더 무
겁고 진한 색을 띤다.

"어느 날인가 한여름 밤에 독수리 바위에 담요를 깔고 나체로 누
웠는데 달도 밝고 별도 총총하니 달빛에 샤워하고 달의 바다에서 수
영하면, 반짝이는 별들이 내 몸에 떨어져 별이 된다'고 했잖아?"

"그랬었지. 들은 것 기억나."

"북쪽 하늘 길잡이별, 큰곰자리의 북두칠성, 카시오페이아자리,
봄철 길잡이별, 목동자리의 아르크투루스, 처녀자리의 스피커, 사
자자리의 데네볼라, 여름철 길잡이별, 백조자리의 데네브, 거문고
자리의 베커, 독수리자리의 알타이르, 가을철 길잡이별, 페가수스
자리의 사각형, 겨울철 길잡이별, 오리온자리의 베텔게우스, 큰개
자리의 시리우스, 작은개자리의 프로키온, 황소자리의 알데바란,
마차부자리의 카펠라, 쌍둥이자리의 폴룩스. 이들 별들이 내 몸에
내려왔어."

'내 몸에 빛나고 있는 별자리들을 다 보여줄 수도 없고.'

'파란아 계곡에서 목욕할 때 내가 이미 다 보았어.'

"오늘 밤에는 기묘한 이야기를 해줄게."

"'귀신', '도깨비불', '축지법', '화사' 이야기야."

둘은 몽상가가 되어서 기묘한 이야기를 나눈다.

귀신.

밝은 밤. 보름달이 환하게 비추고 있었다. 낮에 친구가 집에 찾아
와 놀다가 밤에 돌아가는데. 다리를 건너 버스정류장에서 친구가
버스를 타고 집으로 돌아갔고. 나는 집으로 돌아오는데, 다리 위에
건강한 체구의 한 남자의 실루엣이 검은 옷을 입고 서 있었다. 친
구 재형이 수학여행 다녀와서 전국대회 준비 때문에 같이 못 간 나
를 위해 선물을 사서 가지고 왔다. 조개껍데기로 만든 책상 위에
올려놓고 보는 장식품이다. 재형은 신문을 돌려 용돈을 마련해서
그 선물을 사 왔다. 저녁을 같이 먹고 재형이를 집에 가는 버스에
태워주고 돌아오는 길에 다리 위에서 그 실루엣과 마주친 것이다.

짜릿짜릿하면서 초조한 것, 중추 신경이 싸해지는 느낌. 순간 뒤
로 물러서지도 큰소리로 누구를 불러도 소용없고, 부를 수도 없이
꼼짝을 못했다. 내가 저 다리를 건너야 집에 갈 수 있다.

온 세포가 살아서 춤을 추고 온 신경이 발끝에서 시작해서 머리
끝까지 곤두서 있었다. 나는 나지막하게 심호흡을 한 번 한 뒤 맞
부딪칠 마음을 단단히 먹고, 마음속으로는 '점잖으신 산신령님께
서 왜 이러십니까?' -어릴 적 어른들한테 들은 이야기다- 하며 그
사람, 아니 검은 실루엣을 스쳐 지났다. 스쳐 지나는데 등은 땀이
주룩주룩 흘러내리고, 빡빡 깎은 머리가 쭈뼛쭈뼛 서고, 심장은

온 산에 메아리칠 정도로 쿵쾅거렸다.

그 순간에도 사람인지 귀신인지 호기심이 생겨서, 그 실루엣을 스치면서 새끼손가락을 쭉 폈다. 그 실루엣의 팔을 스윽 긁고 지나치는데, 감촉은 못 느끼고. 내 새끼손가락을 통해서 손바닥 전체에 뜨겁고, 차갑고, 서늘한 기운만이 전해졌다. 온몸이 화끈해지는 것이 짜릿짜릿하면서 초조한 것, 중추신경이 싸해지는 것. 그 순간의 카타르시스는 최고였다.

문제는 지금부터다. 앞에 실루엣이 보일 때는 여차하면 달리면 되니, 대처 능력이 조금 있었는데, 이제는 뒤돌아볼 수도 없고 모든 촉수를 곤추세우고 축지법을 써서 바람을 가르고 걷되 자세는 흔들림이 없이 강렬하게, 마음은 기를 한 곳에 집중하고 일단 집 앞에 보이는 저 느티나무와 버드나무까지만 가면 안심이다.

집 앞 느티나무는 수령이 200살이 넘고, 둘레는 5m, 높이가 20m 가까이 된다. 오늘따라 달그림자에 비친 버드나무는 머리를 풀어헤치고, 왜 또 그렇게 낭창낭창하는지.

평상 위에 그 실루엣이 누워있다. 소스라치게 놀라며 '툭'하고 쳤더니 연기처럼 사라졌다.

그날 이후 내 손에 이상이 왔다. 날씨가 조금만 추워도 내 손바닥이 하얗게 변한다. 내 삶에도 많은 변화가 왔다. 무서움, 두려움 같은 것이 없어지고 동굴에서도, 독수리 바위에서도 밤을 지새울 수가 있게 되었다.

파란의 이야기를 다 들은 진홍이 말했다.

"파란아 나 지금 소름 돋았어. 나도 들은 이야기가 있는데. 공동묘지에 소복을 입은 귀신이 밤이면 묘지를 파고 시신의 피를 빨아먹는다는 이야기."

"아버지 말씀이 오래된 시신의 뼈를 곱게 쳐서 물에 타 마시면 관절염, 신경통에 좋다고 해서 몰래 시신 조각을 캐가는 사람들이 있다네. 예전에만 해도 관절염이나, 신경통에 좋은 양약이 없으니 민간요법으로 그랬나 봐. 아마도 그런 사람들이 잘못 보고 -어쩌면 시신 캐는 사람들이 일부러 소문을 내서 무서움을 조성하려- 퍼진 이야기일 거야."

파란은 아무 말 없이 담요를 펼쳐서 진홍을 감싸주었다.

도깨비불.

지금은 모두 떠나고 우리 집만 남아 있지만, 예전에는 마을에 형들도 있었고 내 또래의 친구들도 있었다. 마을에서 조금 떨어진 공동묘지가 있는 뒷산에는 방공호가 길게 파여 있다. 밤이면 자주, 아주 자주. 어둑어둑해질 때면 똑같은 장소에서 비슷한 시간에 불이 반짝반짝한다.

형들 이야기가 도깨비불이 확실하다는 것이다. 동네 형들과 내 친구 몇 명이 모여 떨리고 무섭기는 하지만, 서로 의지하며 용기를 내어서 몽둥이 하나씩 움켜쥐고 쳐들어올라 갔다.

그곳에는 버스길 건넛마을에 사는, 마을 형들의 고등학교 선배들이 거기 모여서 술 마시고 담배를 피우고 있었다.

'십 리도 못 가서 발병 난다. 십 리 밖에서도 담뱃불은 보인다.'

한편으로는 참으로 다행이라고 했지만, 다른 한편으로는 도깨비불을 볼 수 있을까? 잔뜩 기대했었는데 맥이 빠져 속으로 소리쳤다. '행동들 똑바로 해.'

"지금 이 모습도 어디선가 '누군가'가 보고 있다면, 도깨비불을 보았다고 '나는 도깨비불을 내 눈으로 똑똑히 보았어' 그런 생각을 하겠지."

"아버지께서 돈이 모이면 왜 땅만 사는지 알아? 도깨비는 변덕이 매우 심해서 뭐든 주었다 바로 뺐는데. 그래서 땅을 사면 또 변덕을 부려, 다시 뺏어가려고 막 잡아당긴대. 그래서 돈이 생기면 '이것은 도깨비 돈이다' 생각하고 땅을 사놓으면 나중에 땅 부자가 된대."

축지법.

독수리 바위에서 가마니 한 장 깔고 누워서 책을 보다가 잠깐 잠이 들었다. 깨어서 보니 해는 뉘엿뉘엿 지고 엷은 어둠이 몰려왔다. 나는 놀라서 산을 허겁지겁 내려오는데 '누군가' 내 발목을 '꽉' 낚아챘다. 온몸의 촉수가 전부 서고 몸서리쳐져 온 힘을 다해 산비탈을 내리달았다. 달리다 보니 글쎄 공중에서 몇 걸음씩 허공을 가르고, 바람을 가르며, 마치 삼단뛰기 하듯이 달리고 있었다. 집에 도착해서 보니 온몸이 땀범벅이 되었다. 한쪽 발은 신발이 벗겨져 발바닥이 돌에 긁혀 피가 나고, 작은 돌들이 박혀 있었다. 다음 날 낮에 아버지와 함께 나는 조심조심 그곳에 올라가 보았다. 그곳에는 칡넝쿨에 내 신발 한 짝이 걸려있었다. 늦은 봄에는 칡넝쿨이 뻗어 나가는 것이 눈에 보일 정도다. 이때 나는 축지법을 터득했고 달리기에 도움이 됐다.

버스에서 내릴 때부터 또각또각 '누군가'가 내 뒤를 또각또각 뒤따르고 있다. 내가 몇 걸음 걸으면 또각또각, 또 몇 걸음 걸으면 또각또각 누구일까? 호기심에 뒤돌아볼 수도 없고 얼굴만 붉힌 채 천천히 걸었다. 먼저 지나치면 달빛으로라도 볼 수 있을 것 같았다. 지금 이 시각에 이 길을 걷고 있을 사람은 나밖에 없다. 그런데 내가 서면 또각또각도 멈추고 또 움직이면 또다시 또각또각. 도저

히 궁금해 참을 수가 없어서 홱 하고 뒤돌아보니 또 뒤에서 또각
또각. 보자기에 봇짐을 하고 학교에 다니는데, 낮에 다 먹은 도시
락에 있는 수저에서 나는 소리였다.

집에 도착하니 어머니께서 또각또각 다듬이질하고 계셨다. 내
봇짐을 받아든 어머니께서 말씀하셨다.

"파란아. 왜 도시락에 수저와 젓가락이 없니?"

나는 등골이 오싹했다.

'또각또각' 별들이 하나둘씩 제 몸의 불을 켜서 길을 밝혀주는
소리.

화사.

이슬 먹은 저 빨간 산딸기를 보았는가?

오므리고 있던 손을 겸허히 열어주면

녹색 손바닥 위에 이슬 먹고 익은 빨간 산딸기가

나그네의 그리움을 채워준다

자기 자신을 비우면 얼마나 황홀한가.

이슬 먹은 저 빨간 산딸기를 보았는가?

오므리고 있던 손가락을 겸허히 펴주면

녹색 손바닥 위에 이슬 먹고 익은 빨간 산딸기가

나그네의 서러움을 채워준다

자기 자신을 비우면 얼마나 거룩한가.

손가락을 활짝 펴면 녹색 손바닥위에 이슬 먹은 빨간 산딸기를 예쁜 색을 한 뱀(화사)이 목을 곧추세우고 날렵한 혀로 감아 목으로 삼켜 넣는다.

"파란아 내가 한번 해볼게."

가만히 듣고 있던 진홍이 말했다.

"이슬 맺힌 산딸기가 손가락을 쫙 펼치면 알알이 빨갛게 익은 딸기 송이를 화사가 몸을 곧추 세우고 날렵한 혀 놀림으로 목에 삼키면, 오! 키스."

진홍은 말을 끝내고 수줍어 고꾸라지듯 고개를 푹 떨구고, 파란은 얼굴을 붉혔다. 깡통 속의 불꽃은 여전히 찬란하게 빛난다. 진홍은 파란을 강렬한 눈빛으로 쳐다보았다.

"진홍아 주먹을 접었다가 펴봐."

"이렇게." 진홍이 꿀밤만한 손을 펴보였다.

"산딸기는 손가락을 한순간에 펴는 것이 아니라 하루에 한 개씩 펼쳐. 딸기 송이의 빨간 추억을 녹색 손가락에 기억하기 위해서 천천히, 천천히 펼치는 거야."

"왜?"

"빨간 딸기 송이가 빠져나간 공간에 굵은 눈물방울로 추억을 제자리에 채워두려고."

진홍이하고 파란은 약간 떫은 풋사과처럼 엷은 미소를 띠었고, 풋풋한 마음으로 두런두런 서로의 장래 희망에 관해서도 이야기를 나누며 진한 어둠이 몰려오는 밤의 끝자락을 잡고 있다.

"진홍이 너는 앞으로의 계획은 세웠어?"

"나는 이대 영문학과를 가고 싶은데, 우리 부모님은 의대를 가라고 자꾸 고집하셔서 걱정이야."

진홍이 부모님은 두 분 모두 교편을 잡고 계시다. 아버지는 고등학교 영어 선생님이시고, 어머니는 초등학교 교사이시다. 진홍이 부모님은 참 지적으로 생기셨다.

"우리 어머니는 우리가 졸업한 초등학교 교사이셨고, 아버지는 집은 시골에 있었지만 포천군에 있는 고등학교에 교사로 근무하셔서 버스를 타고 출퇴근을 하셨어. 우리 초등학교 터가 예전에는 미군 부대가 있었는데 다른 것은 다 철거해서 초등학교 건물을 새로 지었지만, 테니스장만큼은 시설이 좋아 그대로 놔두고 사용했대. 아버지는 토요일, 일요일, 공휴일이면 초등학교로 테니스를 하러 다니던 중에 초등학교 교사인 어머니를 알게 되었어. 어머니가 한 살 위였대. 처음 시작은 테니스를 하러 다니는 순수한 목적이었던 것이, 나중에는 교사인 어머니를 만나기 위한 수단으로 바뀌었지. 처음에는 누나, 누나 하면서 '누나 커피 사줘.' '누나 밥 사줘.' 하다 '누나 오늘은 내가 술 한 잔 살게.'로 발전을 해서 결혼을 하게 된 것이래."

진홍이 위로 오빠가 둘이 있다. 큰오빠는 대학교 휴학을 하고 군대에 갔고 작은 오빠는 이제 막 대학에 들어갔다.

"아버님이 영문학과 출신이신데 진홍이 네 편 안 들어주셔?"

"아버지도 어머니 편이야. 두 분이 똘똘 뭉쳐서 고집이셔. 파란이 너는 장래 희망이 뭐야?"

"나는 운동 열심히 해서 중, 고등학교 체육 선생님이 되고 싶어. 진홍이 너는 왜 이대 영문학과를 가려고 하는데?"

"내 꿈이 멋진 연애소설을 영문으로 써서 노벨문학상을 타는 거야. 멋있지? 사실 오늘 아니 어제네, 그 일 때문에 부모님과 심한 다툼이 있었어. 그래서 파란이 네 격려가 필요했어."

진홍이 두 눈에 눈물이 그렁그렁했다. 파란이 어깨에 기댄 진홍이 눈에서 눈물 몇 방울이 뚝 하고 떨어진다. '진홍이와 부모님의 갈등이 가벼운 것이 아니구나' 하고 파란은 생각한다. 평소 파란이 보기에 진홍이 쓸쓸해 보인 것이 이런 이유에서이었구나. 갈등이 매우 심각하구나. 가벼운 바람이 불어와 잎들이 살랑댄다.

"그래 우리 진홍이 멋있다. 나중에 소설 쓰고 싶으면 이 산속으로 들어와. 내가 방 한 칸 내주고 분홍색으로 도배도 해줄게. 진홍이 실력이면 부모님이 의대 욕심내는 것 당연하지. 다 진홍이 네가 공부를 잘해서 그런 것이니 누구를 탓하겠어. 진홍아 언제든지 독수리 바위에 올라가, 가마니 한 장 깔고 누워서 침묵의 시간을 갖고 네 안의 목소리에 귀 기울여봐. 독수리가 너의 길을 안내해 줄 거야. 그런데 어차피 이대 영문학과나 의대에 가려면 둘 다 최고점 받아야 하는 것 아냐. '결정은 천천히 하고 공부는 열심히 하는 것으로' 말이 나왔으니 예비 노벨문학상 수상자의 지난밤 소견을 들어 볼까?"

진홍이 잠시 생각하고 말했다.

"오늘 밤의 이 기묘한 이야기는 모든 것이 마음의 문제라는 것을 말해주는 것 같아. 내 마음이 두려움도, 무서움도 만들고. 내 마음이 예쁜 꽃을 피울 수도 있다. 마치 대월 루에 혼자 은거하는 은둔자들의 이야기인 것처럼."

"누구보다 진홍이 자신이 행복해할 것을 해봐."

"파란이 부모님은 어떻게 만나셨어? 참 좋으신 분들이야."

"부모님 러브스토리는 어릴 적부터 동네 어르신들한테 많이 들었는데 참으로 눈물겨워. 잘 들었다가 나중에 소설 쓸 때 소재로 삼으면 근사한 작품 한편 나올 거야."

어머니는 화전민의 딸로 태어나서 부모님이 일찍이 다 돌아가셨다. 어머니는 혼자 밭을 일구며 사셨고 아버지는 육사를 나와서 전방에 배치되셨다. 어느 날, 작전 중에 어머니가 계시는 화전마을 근처에 파견 나오셨는데 화전민촌락에 계시는 어머니를 보고 '이곳에 선녀가 있다'며 첫눈에 반하셨다고 한다. 그때부터 아버지는 시간이 있을 때마다 이곳을 찾아오셨고, 잦은 왕래가 있으면서 막 정이 들 무렵 서울로 재배치 되셨다. 야망이 크셨던 아버지는 많은 갈등 속에 삼 년 만에 전역을 하시고 이곳으로 내려와 어머니와 결혼하셨는데 아버지는 이곳에 내려오실 때, 할아버지로부터 많은 반대에 부딪혔고 부와 명예도 모두 뿌리쳤다.

　어머니는 아버지 본가의 극심한 반대로 마음고생이 많으셨다. 아기라도 빨리 낳으면 조금은 쉬웠을 것을. 나를 낳는데 5년이 넘게 걸렸다. 내가 태어나면서 본가의 정식 허락도 받았고, 귀염도 받으셨다. 어머니는 시골로 돌아온 아버지를 버선발로 뛰어나와 반겼단다.

　"그래서 지금껏 두 분이 금슬이 좋아 보여. 아버님 멋있다."

　"나는 아버지는 산신령이시고, 어머니는 천상의 선녀인 것 같아. 내가 우연히 아버지 노트에서 봤는데. '안빈낙도(安貧樂道): 가난 속에서 편안한 마음으로 도를 즐기며 산다'라고 쓰여 있었어."

"어느 날, 아버지가 서울에 볼일이 있어 올라가셨을 때. 어머니가 수박을 쪼개 주면서 이야기해주셨어. '영웅이 되고 싶어서 육사를 가셨단다. 그 이유가 뭔지 아니? 영웅은 미인을 만난다 하여, 영웅이 되고 싶었단다.' 물론 나라 사랑이 먼저겠지만, 그러나 아무리 노력을 해도 영웅이 되질 못 했어. 어느 날 어머니를 보고 한눈에 반해 생각이 바뀌었지. 그래 미인을 먼저 만나자 그러면 영웅이 될 수 있을 거야. 그래서 아버지는 어머니를 만나 결혼을 했고, 이곳 시골 오지에 둥지를 틀었다고 생각해. 권력투쟁에 염증을 느끼고."

"어때 우리 부모님 두 분 다 재미있게 살지?"

"아버님께서 말씀하시는 '미인'이 내가 느끼기에는 사람이 아니고 권력을 말씀하시는 것 같은데. 어머니한테 느낀 미인은 사람으로서의 '미인'을 말하는 것 같고."

"어머니가 재배치 돼서 서울로 떠난 아버지한테 3년 동안 고작 한 통의 편지를 썼는데 그게 작품이야."

봄

너, 봄
따뜻한 너의 간교가 어찌하여
수줍음에 고개 못 드는 이들이
앞질러 고개를 들으려 하는가?

너, 봄

따뜻한 너의 열기가 어찌하여
얼어붙어 있는 얼굴을
미소를 자아내게 하는가?

너, 봄
너의 간교로 내 임의 수줍은 마음을 고개 들게 하고,
너의 열기로 내 임의 얼어있는 마음을 따뜻이 녹여,
환하게 미소 젖는 얼굴로 나를 맞게 해주렴.

진홍이 '하하하' 웃으며 손뼉을 치고 엄지손가락을 치켜세운다.
"역시 어머니다워. 멋져, 멋져. 브라보, 브라보."
진홍이 다소 흥분해서 소리쳤다.
"아버지가 일하실 때, 곱슬곱슬한 머리카락 끝에 맺힌 땀방울이
햇살에 반짝하고 빛나는 것을 보면 같은 남자가 봐도 참 매력적이
야. 어머니께서 아버지 마음을 훔쳐 아버지께서 군복을 벗고 어머
니께 달려왔으니 결국은 선녀가 나무꾼(산신령)의 옷을 훔친 것이나
마찬가지 아니겠어?"
"어머! 어머니께서도 그러셨어?"
"왜? 누가 또 그런 사람이 있어?"
"아니야, 아니야." '휴, 괜히 파란이 맨몸 본 것을 들킬 뻔했네.'
꾸벅꾸벅 졸다가 새근새근 잠이 들더니 고꾸라지듯 쓰러지는 진홍
을 품에 안은 파란의 심장은 벌렁벌렁하고 온 세상에 메아리쳤다.
'너를 품에 안고 바라본 하늘 위로 공작이 날고 있어.'

우리의 이야기는 오늘 밤으로는 모자랄 것이다. 또각또각 별들이 하나둘씩 제 몸의 불을 끄면 짙은 어둠이 몰려온다. 새벽이 가까이 오고 있는 것이다.

동쪽 산 너머로 쪽빛 구름이 하늘에 별들을 대신해서 소나무 몇 그루를 심어놓을 때 쪽빛 구름 사이로 주황색 밝음이 깔리고, 쪽빛 구름에 그 밝음이 더 진해질 무렵 진홍과 파란은 산에서 내려왔다. -'파란이 바보'-

주황색 밝음이 부엌까지 따라 내려와 아름다운 빛으로 항아리를 물들이고 부엌의 분위기를 분홍색으로 만들어 주었다. 어머니께서 만들어 놓은 반찬과 밥을 차려 먹고 진홍이 휑하니 돌아서며 소리쳤다. "우리 신혼생활 하는 것 같다." 진홍은 그 말을 내 뱉고는 서둘러 부엌 밖으로 뛰어나가 자전거를 타고 집으로 갔다.

진홍은 같은 시골에 살면서도 느껴보지 못한 산 속의 향기에 반했다. 한낮의 소음 속에서 맞이하는 향기보다는 산 속 새벽의 봄 향기는 폐에 향기를 새겨 놓는 것 같다는 생각을 하며 집으로 향했다.

'파란은 몽상가이고, 별박이이다.' 환상가인 파란으로부터 자유로운 영혼이 느껴진다.

그날 밤. 숲 속의 작은 요정들이 진홍을 찾아왔다. 진홍은 보색 잔상 속의 몽상가와 사랑을 나누고 몽정을 했다.

순수하고 맑은 영혼을 가진 용을 좋아하는 소년이 있었습니다.
소년은 용을 무척 좋아했습니다.

소년은 영웅이 되면 용을 찾아 나서려 했습니다.

영웅은 미인을 만난다하여 영웅이 되고자 노력했습니다.

그러나 시간이 자꾸 흐를수록 영웅이 되는 것이 희망이 없다고 생각한 남자는 생각을 바꾸었습니다.

'미인을 먼저 만나자 그리하면 영웅이 될 수 있을 거야.'

남자는 미인을 만났고 영웅이 되었습니다.

순수한 영혼을 간직했던 남자는 영웅이 된 이후 너무 과욕을 부렸습니다. 미인은 곳곳에 있는 적들과 합세하여, 천둥 번개가 몰아치고 천지가 개벽하던 어느 날. 용을 남자의 몸속에 불어 넣었습니다.

용이 남자의 몸속으로 들어와 쌕쌕 춤을 추기 시작하자 화가 난 남자는 머리에 용의 뿔을 쏟아내고 거칠 것 없이 적들에게 불을 뿜어내기 시작하며 세상을 지배했습니다.

그것이 영원하리라 생각했습니다.

그러나 적들은 화려한 가면을 쓰고 자신들을 은폐하고 있다가, 등 뒤에서 화살을 마구 쏘았습니다. 그러자 용은 남자의 몸속에서 시시때때로 불을 뿜어 영웅의 몸을 지배하기 시작했습니다.

영웅은 불을 끄고 싶어 입속으로 얼음을 계속 넣어 보지만 더욱 더 거세지는 불꽃, 얼음물에 목욕하여도 얼어붙은 호수의 숨소리처럼 쌕쌕 춤을 추었습니다.

오랜 세월이 흐른 뒤 안빈낙도와 청빈 속에 살면서 모든 것이 숨어있는 적들이 아닌 혼자 만들어낸 환상이 자기 몸속에 있음을 깨달았습니다. 영웅은 평화와 미소 같은 모든 선들을 모아 여의주를 만들어 청빈의 마음으로 몸속으로 삼킴으로써 평온을 이루었습니다.

"아버님께서 말씀하시는 '미인'이 내가 느끼기에는 사람이 아니고 권력을 말씀하신 것 같은데."라는 진홍의 말을 되새기며 파란은 아버지 수첩에서, 그동안 조금씩 들었던 이야기의 원본을 제대로 읽어 보았다.

'진홍이 역시 문학소녀다워. 사고의 깊이가 다르구나.'

진홍이 타일랜드 탑으로 간식과 음료수를 챙겨서 찾아 왔다.

"파란아 너 왜 요즘은 산 운동은 안 하고 타일랜드 탑에서만 운동하니?"

"진홍이 너. 내가 산에서 운동하면 또 거기로 쳐들어올 거 아냐. 지난번에 말 못했지만. 이제 너는 대학시험에만 열중해. 무엇을 선택하든 실력은 갖춰 놔야지."

"파란아 나, 기타 가르쳐줘."

"지금 배워서 언제 치려고, 공부해야지."

"기본만 조금 가르쳐줘. 공부하다 힘들 때 칠게."

"알았어. 그럼."

파란은 진홍을 자전거에 태워 집으로 향했다.

'내 혈관 속 피가 네 펄떡이는 팔뚝으로 들어가 하나의 영혼을 이룬다면. 불러봐 내 이름을 느껴봐 내 뜨거운 피를. 너에게 다가가고픈 내 마음을. 파란이 널 사랑한다 말해도 될까? 너에게 가는 길이 꽃길이 아니어도 나는 좋아라. 너와 손잡고 걷는 길이 구름 위의 산책이 아니어도 나는 좋아라. 너를 사랑한다. 나를 사랑해줘. 우리 영원히, 영원히 이대로.'

"진홍아 원두막에 가 있어."

파란은 간단한 기타 교본 책을 주고, 코드 잡는 요령과 간단한 기본기를 가르쳐 주었다.

"기타는 있어?"

"하나 사려고."

"그럼. 우선 내 기타 가져가. 대신 공부하다 지칠 때만 친다는 약속해."

"알았어. 고마워."

"진홍아. 우리 이제 그만 만나야 할 것 같아. 나야 달리기만 잘하면 되지만. 너는 좋은 대학 가려면 공부 열심히 해야지. 이제부터는 열심히 공부하고 다음에, 대학시험 끝나면 그때 보자. 나 내일부터는 산 운동만 할 거야." 파란은 숨을 한번 크게 들이마셨다.

파란이 무거운 발걸음을 뗀다. 진홍이 자전거는 집에 두고 기타를 들고, 무거운 마음을 들고 버스정류장으로 걸어 내려간다. 진홍이 다가와 파란의 손을 잡는다. 진홍이 파란이 눈을 보며 미소를 짓는다. 수줍은 제비꽃처럼.

"파란아. 우리가 개미가 일하는 모습, 벌이 꿀을 모으는 모습을 내려 보는 것처럼. '누군가'는 우리를 내려다보는, 아주 거대한 그 '누군가'가 있을 거란 생각해본 적 있어? 정해진 운명대로 우리를 조종하는 그 '누군가'."

"우리 집은 개도 못 키워. 집터가 호랑이 터래. 그래서 개만 갖다 놓으면 다 죽는 거야. 그래서 못 키워. 그 '누군가'가 있기는 한가 봐."

파란은 진홍이 이야기하고 싶은 것이 '공부를 너무 닦달하지 말라'는 것을 알면서 딴청을 부렸다. 버스 정류장이 다가오는데 진홍은 손을 더 꼭 잡고 걸음을 멈추었다. 찰라. 수돗가에서 파란에 손수건을 내밀었던 그 찰나의 순간처럼 파란이 볼에 진홍은 뽀뽀하고 혼자 키득키득 웃는다. 파란은 정말 행복했다.

"파란이 네가 그런다고, 내가 안 올 것 같아?"

진홍은 떨리는 목소리로 말했다.

도인은 산속에 계시는 산신령님만이 유일한 줄 알았다. 우리는 흔히 말한다. 도인은 깊은 산 속 동굴에 있을 것이라고. 종교인의 성당, 교회, 절에 있을 것이라고. 그러나 우리 주위, 우리 이웃, 우리 친구들을 잘 관찰하다 보면. 도인은 언제나, 어느 때나, 우리 곁에 머물고 있다.

중학교 3학년쯤 되니까 초등학교 때부터 순진하고, 여성적이고, 착하던 친구들이. 한 명, 두 명, 모두 이상하게(?) 변해가고 있었다. 달리기만하는 나는 그 변화에 낯설었다.

그것은 남자다움은 아닐 듯싶은데. 어쨌건 거칠게들 변해갔다. 내성적이고 쑥스러움이 많은 나로서는 그렇게 순진하고, 해맑았던 애들이 갑자기 담배도 피우고, 술도 마시고 하며 어른 흉내를 내는 것이 마음에 걸렸다. 같은 친구들끼리 몸싸움을 벌이기도 하는 모습에 슬픈 생각이 든다.

어찌 무엇이 중요하기로서니 친구들의 우정보다 더한 것이 있을까. 그런 친구들을 보면서 좀 더 순수함을 지키는 것이 어떨까 하는 생각에, 중학교 3학년은 내 기억 속에 별로 유쾌하지 않았다.

육상을 하는 파란은 운동 때문에 친구들과 지내는 시간도 그리 많지 않았다. 여기까지는 애교로 넘어가더라도 중학교 졸업하고 고등학교 입학하는 시기에 맞춰 친구들이 한 번 더 변해가고 있었다. 이소룡을 좋아해서 이소룡 영화를 보고 무술을 연마하는 친구, 태권도를 어릴 적부터 배워서 이제는 자기 자신을 지킬 수 있는 친구, 합기도를 배워서 낙법과 유연성이 뛰어난 친구, 복싱을 배워서 외부 시합도 자주 다니는 친구, 공부를 잘해서 지식을 많이 쌓은 친구.

모두가 자기 자신의 몸과 마음의 수양을 잘 닦은 도인들이다. 나는 여전히 달리고 있다. 일은 아주 사소한 문제로 시작해서 서로의 자존심을 건 싸움으로 번졌다.

우리 시골에는 농번기 때에는 고등학생들이 대민 봉사 차원에서. 봄에는 모내기에, 가을에는 벼 베기에 봉사활동을 나간다. 그 시절에는 트랙터나 모내기기계(이앙기)가 많이 보급되지 않았던 시절이었다.

고등학생들이 농사일을 나가면 점심때에는 논주인 분께서 막걸리 한 말을 들고 나와 밥과 반찬을 차려놓는다. 이것이 시골 인심이다. 그러면 선생님께서는 막걸리를 마시지 못하도록 막걸리 통을 깔고 앉아계신다.

논주인 분께서 선생님 점심은 따로 차려 놓았으니 가셔야 한다며, 한사코 버티는 선생님을 막무가내로 모시고 간다. 우리는 그 짧은 시간 동안에 막걸리 한 말을 다 비우고 만다.

막걸리 한 말이어도 반 학생 50명이 한 모금씩 밖에 차례가 가지 않는다. 막걸리 때문인지 햇볕에 탄 때문인지 분간이 안 될 정도로 얼굴이 뻘건 상태로 남은 일을 다 마치고 무사히 집으로 돌아간다.

그러던 어느 날, 논에서 벼 베기 일을 다 마치고 선생님께서는 학교에 들어가 봐야 한다는 말씀하시고, 우리는 집으로 직접 귀가 하라시며 현장에서 귀가 조처가 끝났다.

그런데 몇몇 친구들이 남아있던 막걸리를 모두 마시는 과정에서 말싸움이 났다. 합기도를 배운 친구가 술이 약해서 태권도를 배운 친구에게 시비를 걸었다. 합기도를 배운 친구는 이소룡 권법을 독학하는 친구와 친했고, 태권도를 배운 친구는 복싱하는 친구와 친했다.

서로 말리는 과정에서 감정이 격해져 다른 친구들까지 가세해 싸움이 커졌다. 이때 무도인들이 나서 사태를 수습했다. 한 팀에 열 명씩 이십 명이 대결을 펼치기로 했다. 때는 추석이 지난 다음 달 보름 낀 토요일. 장소는 마을에서 한참 떨어진 한탄강이 내려다 보이는 추수가 다 끝난 빈 논에서. 준비물은 한 팀이 막걸리, 한 팀은 두부와 김치. 규칙은 오로지 맨몸으로 싸울 것. 나는 여전히 달리기 위해 점심에 학교로 보내졌다.

때는 추석이 지난 한 달 후 보름날. 토요일.

마을에서 한참 떨어진 곳. 뒤에는 절벽 아래로 한탄강물이 무심히 흐른다. 매우 밝고 맑은 밤. 하늘에는 맑고 하얀 달이 무심히 떠 있고 별들은 눈을 반짝이며 지켜보고 있다. 논은 추수를 다 끝내고 군데군데 볏짚을 쌓아 놓았다. 열 명씩 모여 앉아 모닥불에 막걸리 한 사발에 두부김치를 먹는다.

나는 심판이다.

고만고만한 놈들이 옳고, 그름을 떠나 한바탕 놀아 보자.

규칙은 무기 없이 맨몸으로 싸운다.

벌칙은 지는 팀이 무릎을 꿇고 앉아 승리 팀에 막걸리를 따라주기.

밝은 달빛 아래 막걸리에 두부김치. 비록 지금은 싸울 것이지만 좋은 친구들끼리 이 얼마나 낭만적이고 멋있는 추억이겠는가.

1차전은 단체전, 2차전은 1대1의 대결.

이십 명이 단체전을 치르는 모습은 예술이다. 서로 엉켜 싸움하는 모습이 달빛에 비쳐 마치 춤을 추는 듯하다. 이십 명이 단체전을 하다 보면 상대편이라 할지라도 서로가 개인적으로 친한 친구와 마주치면 서로가 뒤돌아서서 다른 상대를 찾아 싸운다.

맑은 보름달이 대지에 달빛을 뿌려 놓으면 이십 명이 그 속에서 서로 엉켜서 싸우는 모습은 정점에 다다른다. 그 모습은 마치 탱고를 추는 듯도. 사랑하는 연인들이 블루스를 추는 듯도 하다.

달빛에 눈을 번뜩이며 적의에 가득 찬 눈빛을 날려 서로를 노려보지만 애초에 서로의 마음속에 적의가 없었기에 여기저기서 피식피식 웃음만 나온다. 그 순간 한 친구가 소리쳤다.

"내 앞니가 빠졌어, 금이빨이야. 꼭 찾아야 돼"라고.

이 친구는 축구선수인데. 얼마 전에 축구시합 도중에 헤딩하다가 상대방 머리에 부딪혀. 앞니가 빠져서 금이빨을 해 끼워 넣었는데 그 금이빨이 빠진 것이다.

이 친구가 진정한 도인인 것 같다. 심판인 나는 호루라기를 불어 싸움을 중단시켰고, 친구들은 모두 모든 동작을 멈추고, 논바닥에 엎드려 금이빨부터 찾기로 했다. 그 덕분에 싸움은 리듬을 잃었다. 이때 한 친구가 말했다.

"야, 우리가 꼭 싸워야 하냐? 그냥 기분 좋게 막걸리나 한잔 하자."

나머지 모든 친구가 손뼉을 치는 것으로 합의했다. 모두 합세하여 찬란히 빛나는 금이빨도 찾았다. 우리 친구들은 볏짚을 태우며 두부김치에 막걸리 한 잔씩 마시고, 모두 악수를 하고 헤어졌다. 월요일에는 아무 일 없이 더 좋은 친구들이 될 것이다. 산속이 아닌 이곳에서 도인을 만났다. 맑고 밝은 달빛 아래서. 별들이 눈을 반짝여준 것도 한몫했다.

나는 집으로 달려간다.

파란의 집은 본가 행사가 많았다. 서울 친척 집에 잔치가 있어서 아버지, 어머니는 토요일에 서울로 올라가셨다. 이제는 자가용이 생겨 많이 편해졌다.

집에 아무도 없는 일요일 아침. 파란은 언제나처럼 뒷산에 올라가 산길을 달리고 있다. 이 길은 파란이 눈을 감고 달려도 충분히 방향을 잃지 않고 집으로 돌아올 수 있다.

몸은 계속 달리는데, 마음은 계속 같은 자리를 맴돌고 있다. 진홍이 좋은 대학 가려면 공부를 열심히 해야 하는데. 여름방학 기간 내내 매일같이 내가 운동하는 타일랜드 탑으로 간식과 음료수를 준비해 자전거를 타고 와서는 많은 시간을 허비하고 있는 것이 마음에 걸렸다. 진홍은 파란이 걱정스러운 말을 하면 "인생은 이미 오래전부터 정해져 있는 길을 걷는 거야." 한다.

다른 한편으로 파란은 산길을 달릴 때 진홍이 생각만 하면 가슴이 벅차오르고 초콜릿을 먹은 듯이 엔도르핀이 생성되고, 힘이 솟구치는 것을 주체하지 못 했다. 하지만 진홍을 담기에는 내 가슴이 너무 작다.

산길을 다 돌아 마지막 내리막길을 달리다 과욕이 넘쳐 돌부리에 걸려 넘어지면서 '꽝'하는 소리와 함께, 파란이 몸이 한참을 떠올랐다가 '쿵'하는 소리와 함께 떨어졌다. 바위에 무릎을 부딪친 파란은 기어서 간신히 집까지 내려와 정신을 잃었다.

진홍은 타일랜드 탑에서 계속 파란을 기다리고 있다. 멀리 하늘 위에 송골매가 같은 자리를 빙빙 돌고 있다. 파란이 너무 늦어 혹시나 하는 마음에 자전거 페달을 힘껏 밟았다. 오늘따라 페달이 왜 이리 무거운지. 있는 힘껏 페달을 밟아 파란이 집으로 향했다. 멀리서 마당에 '누군가' 쓰러져 있는 것이 보인다. 제발, 제발, 진홍은 소스라치게 놀랐다.

파란이 머리와 다리에서 피가 나고 있었다. 진홍은 정신없이 집 안으로 들어가 옷가지들을 가지고 나와 머리와 다리를 감았다. 진홍은 메모를 간단히 해서 마루에 놓아두고 돌을 하나 올려놓았다.

'파란이 다쳐 마을 시내병원으로 갑니다.'

진홍은 파란을 손수레에 실어서 험한 산길을 정신없이 땀을 뻘뻘 흘리면서 시내병원으로 데리고 갔다. 시내병원에서는 다리도 다리이지만 머리를 다쳐서 이곳에서는 치료할 수가 없다고 한다. 다친 부위에 옷을 풀어내고 붕대를 감아주었다. 진홍은 의사 선생님께 의정부 병원에 전화 좀 부탁한다고 하고, 파란을 택시에 태워 의정부 대학 병원 응급실로 왔다. 택시비는 집 주소와 전화번호를 적어드리고 시골 내려가면 바로 드리겠다고 기사님께 청했다. 바쁘게 이곳저곳을 실려 다니더니 검사가 다 끝난 것 같다. 의사 선생님이 보호자를 찾는다.

무릎 연골이 파열되고 십자인대가 끊어졌다. 머리는 부어있어 시간을 두고 지켜보아야 한다. 다리라도 빨리 수술을 해야 하는데 보호자가 없어 수술을 못 하고 있다. 진홍은 조바심을 치며 병원

복도를 오가고 있고, 파란이 무사하기만을 바라며 발을 동동 그리고 있다. 뒤늦게 파란이 부모님이 메모를 보고 시내병원에 들러 이곳으로 오셨다.

피도 수혈을 받으며 다리 수술은 무사히 잘 마쳤지만 이제는 마라톤은 물론 달리기는 선수로서의 생명이 끝이 났다 한다. 그보다 더 큰 문제는 머리다. 지금은 붓기가 있어 손대기가 모호하니 좀 더 두고 보자고 한다. 진홍은 할 말을 잃었다.

마취에서 깨어난 파란은 수술부위의 통증이 심해 매우 힘들어했다. 하루 이틀이 지나자 다리 통증은 가라앉는 것 같았다. 이제 머리 통증이 심해졌다. 부모님으로부터 진홍의 활약 이야기를 들은 파란은 진홍이 손을 꼭 붙잡았다.

"진홍이 고맙다."

"파란아 네가 가르쳐준 축지법을 써서 힘들지 않았어."

"그래. 파란이 너 진홍이 아니었으면 큰일 당할 뻔했어."

어머니께서 근심스러운 눈으로 파란일 보며 말씀하셨다. 이때 아버지께서 들어오셨다.

"파란아 우리 밥 먹고 올게. 잠시 쉬고 있어."

진홍은 파란의 아버지가 병원 앞 식당에서 뭐 좀 먹자고 하셔서 식당에 왔다.

"진홍아 정말 수고했다. 네가 우리 파란이 살렸다. 고맙다. 머리 신경을 조금 다친 것 같다고 하니, 며칠 경과를 지켜보고 서울에서 다시 검사를 받아 보아야 할 것 같다."

진홍이 걱정스러운 말로 파란이 어머니에게 말을 건넨다.

"파란이 더는 달리기를 못 한다 하면, 낙심이 클 것인데요."

"지금 달리기가 뭐가 중요하니. 저 정도이길 천만다행이지. 당분간 그 얘기는 파란이에게 하지 말자. 나중에 퇴원해서 천천히 얘기해주자."

어머니는 눈물을 훔치며 진홍이 손을 꼭 잡으셨다.

"진홍이 집에 가야하지 않아. 부모님이 걱정하시겠다."

아버님이 계속 걱정하신다.

"집에 전화했어요. 친구가 다쳐서 병간호한다고요."

"진홍이 공부 못해서 어쩌나. 미안하다."

"괜찮아요. 나중에 더 열심히 하면 되죠."

병실에 들어가니 파란이 막 잠에서 깨어났다.

'파란이 달리기를 못 한다면 낙심이 클 것인데.'

"처음 내가 파란이 달리는 모습을 보면서, 마치 말이 그것도 근육질의 흑마가 달리는 모습 같았어. 운동장에서 네가 달리는 모습을 보고. 뒷발이 엉덩이를 스칠 듯 말 듯 뛰는 것을 보고, 야! 달리기도 저렇게 예술적으로 뛸 수 있구나 얼마나 황홀했는지. 파란이 네가 나를 훔쳐보았듯이 나도 파란이 너를 훔쳐봤거든."

진홍은 계속해서 파란이 머리와 마음을 쓰다듬어 주고 있다.

진홍이 마음에 촛농처럼 뜨거운 눈물이 흘렀다.

"나는 말보다 스라소니가 좋은데." 파란이 어깨를 으쓱했다.

파란의 농담이 돌아온 것을 보니 진홍은 마음이 조금 놓였다.

공중전화에서 전화를 계속하시던 아버님이 들어오셨다.

"진홍아. 우리 서울병원으로 가서 파란이 머리 검사를 다시 해야

할 것 같다. 진홍인 여기서 택시 태워 줄게 집에 가 있어. 내가 데려다주지 못해 미안하구나."

"아니에요. 제가 버스 타고 내려가도 돼요. 저도 서울 가면 안 돼요?"

"아니다. 아니다. 미안해서 안 돼. 자 가자 내가 택시 태워줄게."

"파란이 내가 한 말 알지. 너는 스라소니가 아니고 표범이야, 표범."

아버님께서 택시를 잡고 기사님께 차비를 건네주며 잘 부탁한다고 신신당부를 하고, 나한테 "조심해서 가"하고 문을 닫으려다 봉투 하나를 건네주셨다.

"지난번에 택시비 못 치렀다며. 이것으로 드리고 내가 따로 인사드린다고 전해줘. 고맙고 또 고맙다."

진홍이 택시를 타고 내려오면서 생각한다.

내가 가야 할 길은 이미 오래전부터 의대라고 정해져 있었던 거야. '누군가'에게 간절한 마음으로 기도한다.

'원하시는 대로 의대에 갈 것이니 우리 파란이 제발 아무 일 없었으면 합니다. 파란이 고통을 대신해서 제가 할 수 있는 것은 모두 다 하겠습니다.'

지금은 어디에든 매달려 빌고 싶다. 파란이 집 앞에 있는 버드나무에도, 느티나무에도, 동굴 속에 계시다는 산신령님께도 빌고 또 빌고 있다. '원하시는 것 뭐든 다 하겠습니다. 뭐든 다!'

진홍은 집에 도착해 부모님께 소상히 말씀드리고, 원하시는 대로 의대에 꼭 가겠노라 약속을 한 뒤 씻고 나오는데 전화가 왔다.

"진홍아 잘 내려갔지. 나도 잘 있어. 안녕."

이번 여름은 울적했다.

지붕 위로 빗줄기가 억수같이 쏟아지고 있다.

진홍은 파란에게 소식이 없자 초조했다.

천둥이 세상이 떠나갈 듯 포효하고 있다.

진홍은 창문 앞에 꼼짝 않고 서서 억수같이 퍼붓는 빗줄기를 바라본다. 파란이 동굴에서 들려준 기타연주곡을 마음속으로 틀어 듣는다.

비는 매일 이다시피 억수처럼 퍼부었다. 천둥은 더 큰 소리로 으르렁거렸다. 귓가에 로망스가 들려온다. 여름이 나를 또 울적하게 한다. 진홍이 아침마다 눈을 떠야하는 유일한 이유가 파란에게 있다. 진홍이 파란을 다시 만난 것은 여름방학 개학을 하루 남겨 두고였다.

파란이 아버님이 진홍이 부모님을 찾아와 감사인사를 드리고 가실 때 따라나섰다.

"머리가 생각만큼 심각하지 않아 다행이다."

진홍은 아버님 말씀에 마음이 놓였지만, 파란은 더는 달리기를 할 수 없다는 것에 상심이 커 보였다.

진홍이 의대를 가기로 했다는 말을 파란에 얘기했다.

파란은 진홍이 손을 잡고 너무 잘한 선택이라며, "너는 잘해낼 거야. 나는 진홍이 너를 믿어." 하고 기쁜 미소를 지었다. 분꽃처럼.

"여름 한낮 햇볕이 쨍쨍 내리쬐는 날씨에, 잠깐 내린 소나기로 빨갛게 익은 고추와 보라색 가지 위로 흘러내리는 빗방울이 다이아몬드처럼 반짝거릴 때 정말 황홀하지. 지금 진홍이 모습이 그래."

파란은 멀리 먼 산을 바라보다 머리를 숙이고 땅을 응시하다 상대방의 발끝에서 위로 시선을 올리며 눈을 마주 보고 엷은 미소를 띠는 버릇이 있다. 미소를 띠울 때면 보조개가 나팔꽃처럼 쏙 들어간다. 파란이 태어날 때부터 산속에 살아서 몸에 밴 작은 습관이다.

멀리 산속에서 먹이를 쫓는 송골매가 공중을 빙빙 돌면 파란이 눈도 송골매를 쫓아 빙빙 돈다. 파란이 눈은 송골매를 쫓아 허공을 향해 있다. 산에서의 부상과 진홍이의 수고스러움 그리고 운동선수로서의 사형선고. 눈은 매를 쫓아 빙빙 돌지만 머릿속은 수술후 병원 시절의 기억들과 사고의 잔상들을 바삐 헤매고 있다. 파란이 두 눈에 눈물이 그렁그렁했다.

산길에 버려진 나무. 몸뚱이는 하나인데 다리는 셋이다.

이제는 다리 셋은 모두 닳아 몸뚱이 끝에 옹이만 박혀있다. 홍겨운 날, 괴로운 날, 어여쁜 날. 항상 함께했지.

내가 너를 처음 보았을 때. 다리가 다친 적이 있는 나는 네가 나처럼 버려진 것으로만 알았어. 네가 나를 그토록 오래도록 고독하게 기다려준 것을 알았을 때는 한참의 세월이 흐른 뒤였어.

네가 내 손에서 반짝이는 것도 한참의 세월이 필요했지. 그것도 나의 눈에서 발견된 것이 아니라, 남이 내 손에서 빛나고 있는 너를 반기는 것을 보면서, 나는 진정한 너의 참모습을 발견했어.

너에게는 창피한 일이지만 지금까지 나는, 버려져 있는 너를 내가 주워와 내 손에서 다듬어지고 길든 것으로만 알았어. 네가 밤의 고독과 싸우고 외로움도 견디어내며, 비바람과 밤하늘의 별들과 유성우들의 속삭임을 가슴에 담아두며, 나를 기다려준 것. 그런 것도 모르고 나는 너를 가리켜 '내가 그 산에 버려진 너를 가져오지 않았다면 벌써 썩어서 없어졌을 것'이라고. 또는 '산에 버려진 것을 내가 발견하고 잘 씻기고 다듬고 해서 이만큼 만들었지 그냥 산속에 내버려 두었으면 벌써 삭아서 흙이 되었을 것'이라고. 너를 천대하며 말했었어.

어느 날. 산길을 걷는데 '누군가' 온통 흰머리에, 흰 수염을 한 그

분이. 나와 손잡고 있는 너를 보면서 "아주 좋아 보인다. 멀리서 별들의 속삭임을 듣고 찾아왔다"라며, 노간주나무라고 말을 건네 왔어. 그때서야 나는 너의 참모습을 발견하고 가슴이 설렜어. 진홍이가 내 이름을 처음 불렀을 때처럼, 유진선생님이 내 이름을 처음 불렀을 때처럼. 가슴속에 설렘이 왔어. 너의 살이 '콕콕' 찍혀 많은 생채기에 옹이가 박혀, 통증까지도 느끼지 못하는 헌신에 나는 마음 깊이 감사함을 느낀다. 다 닳은 다리 셋의 영혼에게도.

한동안은 하염없이 경아에 대해 생각했다. 그런 날들이 계속 이어지던 어느 날. 온통 흰머리에, 흰 수염을 한 그분이 "그대는 아직 별들의 속삭임을 듣지 못한 것 같아. '누군가'가 떠나면 또 다른 '누군가'가 오는 법이라네."라고 말해주었다. 그때 다리 셋이 모두 닳아 몸뚱이만 남은 노간주나무가 내 손에 쥐어 있었다. 다리 셋의 기억을 간직한 채.

중학교 3학년 때의 일이다. 파란은 친구 상훈에게 10월 1일 국군의 날 기념행사를 보러 서울에 가자고 졸랐다. 10월 1일 국군의 날은 국경일이고, 여의도에서 기념행사를 하고, 서울 시청 앞으로 육·해·공군의 각종 무기를 동원한 시가행진이 있다.

그러나 지금 시기는 중간고사 시험 기간이다. 우리는 첫차를 타고 서울에 가도 그 행사를 본다는 보장도 없다. 상훈은 시험공부를 해야 하며, 부모님 승낙도 받기 어려우니 못 간다고 거절을 한다.

파란은 첫날 시험이 끝난 학교에서부터 계속 상훈을 설득하고 방과 후에는 집으로 쫓아가 설득을 했다. 둘은 다음날 서울행 첫차를 타고 국군의 날 기념행사를 보러 서울로 올라갔다. 이때까지만 해도 여의도에 아무나 들어가는 줄로만 알았다. 파란이 아버지한테 미리 알아보았으면 편했을 텐데. 아버지 모르게 가는 길이라 몰래 왔다.

일찍 도착한 우리는 여의도로 들어가는 마포대교 앞에서 진입이 차단되어 들어갈 수가 없었다. 둘은 어쩔 수 없이 시청 앞 광장 플라자 호텔 입구에서 시가행진 구경하는 것으로 만족해야 했다.

쥐포라는 것을 구워서 파는데 처음 먹어본 그 맛이 요상했다. 파란은 시골로 내려오는 버스 안에서, 내심 '나의 설득력은 대단한 걸'이라고 혼자 생각하며 으쓱해졌다. 파란이 다친 지금 생각해보니 나의 설득력보다는 상훈의 친구를 위한 배려심이 무한히 크다는 것을 새삼 느끼게 된다. 눈이 멀어 세상을 못 보는 것이 아니고, 보고 싶은 것만 보아서 눈이 멀어 있는 것 아니겠나. 사람의 크기는 키로 잴 수 있지만, 사랑의 크기는 키로 잴 수 없다.

It's now or
never

운동을 못 하게 된 파란은 실의에 빠져있다. 수업도 끝까지 다 들어야 했고, 보충수업까지 들어야만 했다. 그냥 아무 생각 없이 앉아 있어야만 했다. 겨우겨우 월요일 수업이 끝났다. 앞으로 이 지겹고 따분한 학교생활을 잘할 수 있을까?

수요일 점심시간이 끝나고 5교시를 졸음과 싸우며 겨우 마쳤다. 6교시가 과학 시간이다. 그동안은 6교시까지 수업을 들어온 적이 없었다. 과학 선생님이 문을 열고 들어오시는데 깜깜한 동굴 속에서 파란색 빛이 파란이에게 찬란하게 비추었다. 선생님이 슬로우 모션으로 걷는 것 같다. 파란은 첫눈에 '임이 오셨다'를 외쳤다. 한순간에 선생님께 반했다. 파란이 수업 듣기를 정말 잘한 것 같다 생각했지만, 일주일에 두 번밖에 없는 과학 시간이 마냥 아쉬웠다.

"기정아. 저 선생님 누구셔?" 파란이 짝에 속삭이듯 물었다.

"과학 선생님이셔. 6개월 정도 됐어."

"그래. 가슴이 왜 이리 설레."

"너. 진홍이한테 말할 거야."

"에이 그러면 안 돼."

"저 선생님, 내가 다니는 성당 나오셔."

"집은 어디?"

"서울이야. 성당에도 수요일은 꼭 나오시는데, 토요일, 일요일에는 가끔 나오셔."

이때. 과학 선생님께서 파란을 불렀다.

"41번."

"네" 하고 일어섰다.

"네가 그 파란이야?"

"네. 그런데 '그란?'" 파란이 어깨를 으쓱했다.

"아무것도 아냐. 앞으로 계속 수업은 들을 거지?"

"네."

"진도가 많이 뒤떨어졌을 테니. 궁금하거나 모르는 것 있으면 교무실로 선생님 찾아와."

"네. 고맙습니다." '정말, 정말 고맙습니다.'

'우우' 하고 친구들이 환호를 질렀다.

"선생님 배 아플 때 가도 돼요?" 친구 중 한 명이 짓궂게 말했다.

"마음대로."

파란은 교무실에 학생주임이나, 담임선생님한테 야단맞으러 다니는 일밖에 없었다.

"다쳐서 운동 못하면 공부 좀 열심히 해."

담임선생님이 맞은편에 앉아계신 과학 선생님께 동조를 구한다.

"과학 선생님 이 녀석 이 구레나룻 좀 보세요. 학생이란 놈이."

"멋있는데요." 역시 파란의 과학 선생님이시다.

파란은 일주일 내내 과학 시간만 기다려졌다. 수업시간에는 턱을 괴고 유진 선생님 얼굴에서 한시도 눈을 떼지 못했다. 숨소리

하나하나, 말소리 하나하나, 몸짓 하나하나라도 놓칠 수가 없었고. 언제 웃으시는지, 몇 초에 한 번 눈을 깜박거리는지, 말소리는 귀에 들어오지 않는다.

어느 날은 나를 보고 눈을 깜박거렸는데 한쪽 눈만 감았다. 감은 것 같았다. '나를 보고 윙크 했어' 나의 착각이었다.

우리 학교는 교장 선생님께서 '일인일기운동'의 목적으로 각 반에 탁구대 한 대씩을 설치해 주었다. 벽돌을 쌓아 시멘트를 발라 페인트칠을 해서 만들었다. 우리 반 탁구대는 화장실 뒤 외진 곳에 있다. 파란에게 탁구대는 잠을 자는 침대다.

파란이 수업시간에 도저히 못 따라가거나 졸리면 화장실 잠깐 다녀오겠다고 말씀드리고, 그곳 탁구대 위에서 책 한 권 베고 잠을 잔다. 그 시간이면 어김없이 유진 선생님이 나타난다.

"파란이 또 땡땡이야."

파란이 이런저런 이유로 수시로 교무실에 불려가 학생주임, 담임 선생님으로부터 야단맞고 손바닥 맞고. 또 야단맞고, 손바닥 맞고. 야단맞고, 손바닥 맞는 것은 견딜 수가 있다. 얼마든지. 파란이 견딜 수가 없는 것은 유진 선생님 앞이라는 것이다.

파란이 과학 선생님 부름을 받고 음악실에 갔다.

"파란아. 우리 이번 축제 때 합주해서 노래 한 곡 부르자."

"제가 왜 노래를 불러야 해요?" 파란이 비아냥거리는 투로 말했다.

"진홍이에게 들었는데, 파란이 기타 잘 친다며?"

"네. 기타는 칠 줄 알아요."

"누구한테 배웠어?"

"아버지한테 배웠어요. 제가 홀로 외딴 산속에 살아서 감수성이 예민하고 자주 자기안의 세계에 갇혀 버리는 게 문제라고 말씀하시면서 기타 치는 것을 가르쳐 주셨어요."

"우리 열심히 준비해서 축제 때 홈런 한 방 날리자."

"아이 싫어요. 저는 남 앞에 나서서 그런 것 못할 뿐 아니라 음치예요."

"노래는 내가 지도해줄게. 그리고 나만 바라보고 하면 되잖아. 수업 시간에 나를 보듯이."

유진 선생님은 피아노 앞에 앉아 연주하며 노래를 불렀다. 긴 머리에 잘록한 허리, 치마를 입었지만 넓은 골반과 엉덩이. 이때 귀에 들려오는 천사의 목소리 "내 마음에 주단을 깔고…."

"파란이 이번 축제 때 이것 성공하면 잃었던 자신감도 되찾을 거야. 선생님이 나중에 선물 줄게."

"뭐 주실 거예요?"

"엉덩이 톡톡."

"에이 그게 뭐예요. 조금만 더 쓰시면 제가 힘닿는 데까지 열심히 하겠습니다."

유진 선생님하고 둘이 음악실에서 같이 있는 것만으로도 이미 다 받았다. 다른 팀들의 연습 때문에 우리의 시간이 짧은 것이 약간은 애석했다.

"그런데 이 노래 기타 악보 있어요?"

유진 선생님께서 악보 한 장을 넘겨주셨다. 산울림(1978). '내 마음에 주단을 깔고' 파란은 악보를 받는 순간. 열심히 해서 멋진 무대를 만들고 싶은 생각이 샘솟듯 솟아났다. 유진 선생님을 기쁘게 해드려야지.

"내일 학교 올 때 기타 가져와."

"네."

파란이 진홍을 찾아갔다.

"공부 잘하고 있어?"

"아픈 것은 어때?"

"괜찮아. 마음이 문제지."

"파란이 마음 기쁘게 하려고 내가 공부 열심히 하면서, 보고 싶어도 많이 참고 있어."

"진홍아 기타 며칠만 빌려줘."

"왜. 무슨 일 있어?"

"'내 마음에 주단' 좀 깔게."

"그게 무슨 말이야?"

"과학 선생님하고 축제 때 연주할 거야."

파란은 유진 선생님께 사심을 담아 자기 의견을 이야기했다.

"저는 엘비스 프레슬리의 It's now or never를 했으면 하는데요."

"woo woo woo woo. It's now or never come hold me tight. Kiss me darling. be mine tonight. Tomorrow will be too late. It's now or never my love won't wait"

"우 우 우 우지금 아니면 안 돼요 나를 꼭 안아주세요. 키스해줘요, 내 사랑 오늘 밤 내 사랑이 되어줘요. 내일이면 늦으리니. 지금 아니면 안 돼요 내 사랑은 기다려주지 않아요."

"너무나 부드러운 미소를 머금은 그대를 처음 본 순간 내 마음을 빼앗겨 버렸어요. 내 영혼마저 사로 잡혔죠. 이제껏 이런 순간을 기다려왔어요. 이제 그대 내 곁에 있으니 바로 그때가 된 거예요."

파란은 유진 선생님의 눈을 응시하며 노래를 불렀다.

유진은 파란을 강렬한 눈빛으로 쳐다보았다.

"이건 나한테는 듣기 좋은 노래인데 축제 때 부르기에는 너무 야해. 나중에 기회가 오면 따로 불러줘."

짧은 시간이지만 유진 선생님을 매일 볼 수 있어서 행복했다.

내 마음에 주단을 깔고(1978. 5. 10, 산울림)

내 마음에 주단을 깔고 그대 길목에 서서
예쁜 촛불로 그대를 맞으리
향기로운 꽃길로 가면 나는 나비가 되어
그대 마음에 날아가 앉으리
아~한마디 말이 노래가 되고 시가 되고
내 마음에 주단을 깔고 그대 위해 노래 부르리
그대는 아는가 이 마음
주단을 깔아 논 이 마음
사뿐히 밟으며 와주오
그대는 아는가 이 마음

축제 때 유진 선생님의 피아노 소리와 파란의 기타 소리가 허공에 메아리쳤고 노래 또한 열심히 불렀다. 유진 선생님의 선물을 기대하며, 서로가 눈을 마주 보고 불렀다.

"파란이 언제 그렇게 연습한 거야? 제법 잘 맞던데. 음치가 노래도 부르고 제법이었어." 진홍이 표정이 샐쭉해서 말했다.

기타를 가져다주러 간 파란을 진홍이 놀린다.

"음, 과학 선생님이 발성법 지도 좀 해주셨어. 과학적으로. 원래는 다른 노래하고 싶었어." 파란이 웃으며 응수했다.

"무슨 노래였는데?"

"Elvis Presley, It's now or never."

싱글벙글하는 파란이 진홍인 얄미운 가 보다.

"그래서 신나? 좋아 죽겠어? 주단을 깔아 놓은 네 마음 나도 한번 밟아보자. 아주 그냥 사뿐히 즈려밟고 지나갈게."

진홍이 눈에 힘을 주며 말했다.

"과학 선생님께 추천한 사람은 진홍이 너야."

다음날. 파란은 자기 반에서 공부를 제일 잘하는 순관을 찾아 물어 보았다.

"'즈려밟고'가 무슨 말이야?"

"위에서 아래로 꽉 내리 눌러 밟다. 지려밟다."

"그러면, 김소월의 진달래꽃이 그렇게 무서운 시야?"

"그런 표현을 반어법이라고 해. 김소월은 전통적인 한의 정서를 여성 화자를 통해서 보여주고 있어. 파란이 이제 공부 시작하는 거야?"

아름다운 시라고 생각했던 파란은, '즈려밟고'와 '십 리도 못 가서 발병 난다' 중 어느 말이 더 무서운 말인지 한참을 생각했다. 파란은 오늘도 담임선생님께 교무실로 불려가 엉덩이를 10대 맞았다.

지난 목요일 무단결석하고 서울에 놀러 갔다 왔다. 4교시 때 잠깐 화장실 다녀온다 하고 양호실에 누워있는데, 잠이 와서 눈을 감았다. '누군가'가 문을 열고 들어왔다.

"파란아, 파란아."

선생님 말소리에 눈을 번쩍 떴다. 유진 선생님이 들어와 계셨다. 선생님은 치마를 입고 파란이 머리맡에 서 계셨다. '찰라' 파란은 마파람에 게눈 감추듯이 재빨리 눈을 감았다.

"눈을 뜨라는 거예요? 말라는 거예요?" 파란이 너무 놀라 퉁명스럽게 말을 했다.

"너 하고 싶은 대로 해. 이 연고 꼭 챙겨 바르고."

'이것이 그것이야?' 파란이 일어나 앉았다.

"겨우 선물이 연고예요?"

"그럼. 뭘 더 바라."

"선생님이 발라주시면, 저도 속 보이는 것이니 피장파장이잖아요."

파란은 유진 선생님의 양해를 얻기 위해 간절한 눈빛을 했다.

"그래. 그러면 선생님이 토요일에, 내일이구나, 파란이 집에 약 가지고 갈게. 협상 끝."

파란이 그 순간의 떨림이 얼마나 강렬했으면 오후 수업시간 내내 끊임없는 보색잔상(補色殘像)[2]이 계속 일어났다.

---

2) 보색잔상(補色殘像): 어떤 빛깔을 주시한 후 이것을 제거하거나 다른 색 면에 눈길을 돌렸을 때 그 색의 보색이 잔상으로 나타나는 현상.

"어머니 오늘 선생님이 가정방문 하신데요."

파란은 토요일 수업이 끝나자마자 재빨리 집으로 가서 자전거를 가지고 버스 정류장까지 나가 있었다. 엉덩이 아픈 것쯤은 참을 수 있다.

얼마 후 건너편 정류장에서 유진 선생님이 버스에서 내리셨다. 파란은 선생님을 자전거 뒤에 태우고 집으로 가는 길에 일부러 브레이크를 꾹꾹 잡았다. 그럴 때면 유진 선생님이 파란에 더 밀착되었고 손깍지를 더 세게 조여 왔다. 그럴 때마다 파란이 마음속에 거친 떨림이 일었다.

파란은 선생님께 부모님을 소개했다. 어머니께서 식사준비 하는 동안 선생님을 모시고 집 주위를 한 바퀴 산책했다. 아버지, 어머니는 가마솥 앞에서 무엇인가 열심히 끓이셨다.

"약 가져 왔어. 발라 줄게."

파란이 선생님을 모시고 방으로 들어갔다. 유진 선생님이 오신다고 어젯밤에 깨끗하게 치워놨다.

"엉덩이 내려."

"앞은 보기 없기예요." 선생님은 파란이 등을 내리쳤다.

"앞으로 누우면 되잖아. 뭐 숨은 매력도 없는 것 같은데."

"그야 모르지요."

"달리기를 오래 해서 엉덩이 올림이 예술인데."

파란이 가쁜 숨소리를 억지로 참았다.

"이제 매 좀 그만 맞고 공부에 취미 좀 붙여봐. 파란이 친구 진홍인 전교 1등에 성적이 우수하던데. 개인 교습 좀 받아."

약을 다 바르고 파란이 엉덩이를 한 대 찰지게 때리셨다.

파란은 선생님을 모시고 느티나무 아래 평상에 가서 앉았다.

씨암탉에 삼 년 산 인삼 몇 뿌리. 대추, 밤, 마늘, 양파를 넣고 백숙을 끓이고. 국물은 찹쌀을 넣어 죽을 끓였다.

"인삼이 지금은 삼 년 산밖에 없어서요."

"맛있게 잘 먹겠습니다. 파란이 이제 공부도 열심히 잘할 거고, 적응도 잘할 거예요. 제가 꼭 그렇게 할 게요."

"선생님만 믿겠습니다. 파란이 잘 부탁드립니다."

식사를 하는데 가을비가 촉촉이 내리더니 이내 그쳤다. 파란이 유진 선생님과 우산을 쓰고 바짝 밀착되어 걷고 있다. 유진 선생님이 내 허리에 팔을 둘렀다. 빗물이 처마 끝에 가랑가랑 떨어진다.

도화지에 그린 그림 위로 물이 쏟아지면 모두가 번져 도저히 어떤 그림인지 구별이 어려운데 곱게 물든 단풍나무 위로 비가 쏟아지면 그 색이 더 짙어지고, 더 선명하게 물든다. 자연의 위대함이다.

"아버님, 어머님 덕분에 아주 잘 먹고 갑니다."

"선생님 잘 모셔다드려. 자전거 안타고 가?"

"비가 와서 바닥이 다 젖었어요." '속도 모르시고'

파란이 유진 선생님하고 걸어서 집을 나섰다. '10분 정도 지났으니 집에서 보이지 않겠지. 진홍이에게 배운 것 써먹어야지.'

"선생님. 세상에서 제일 나쁜 그림이 뭔지 아세요?"

"나는 가을의 색깔과 향기가 제일 좋더라. 음, 초콜릿 맛이랄까. 노란 은행나무, 곱게 묽든 단풍나무, 사시사철 푸른 소나무. 흠잡을 곳이 없는 멋진 풍경을 두고 나쁜 그림은 뭐야?"

"모르시겠어요?"

"글쎄다. 모르겠다."

"남녀가 같이 걸으면서 떨어져 걷는 것이래요."

"그것 진홍이에게 배운 거야?"

"네." 파란은 부정하지 않았다.

파란은 그러면서 손바닥을 내밀어 유진 선생님 손바닥에 마주쳐 손을 맞잡았다.

"우리가 남녀 사이야?"

"그럼 남자와 남자, 여자와 여자 사이예요?"

"이곳에 와서 느낀 것인데. 우리는 모두 이해관계 속에서 얽혀 살아가는 사람들이야. 그런데 이곳은 마치 진화의 막다른 길에 다다른 설렘이 있는 곳이야. 세상은 계속 돌아가고, 파란이 너만이 홀로 멈춰진 시간 속에, 그 시간 속에 홀로 여행하는 방랑자 같아. 덜 다듬어진 야성미 넘치는 말의 눈에서 느낄 수 있는 순수함, 평온함, 그런 설렘."

세상의 외딴섬. 우주의 또 다른 세상. 원시의 시간이 멈춰진 곳. 산속에서는 귀로 듣는 소리보다 눈으로 듣는 소리가 더 황홀하다.

"유진 선생님은 참 미인이세요."

잽도 없이 스트레이트를 날린 것 같아 민망했다. 원래 스트레이트라는 것이 상대가 맞고 휘청해야 제 맛인데. 충격을 조금도 받지 않고 링 한가운데 버티고 서있으면 날린 사람만 힘이 빠지는 법이다.

"나중에 대학 가서 서울에 가면 더 넓은 세상에서 나보다 예쁜 여자들이 얼마나 많은지 알 거야. 지금부터라도 늦지 않았으니 열

심히 공부해. 모르는 것 있으면 진홍이한테 물어보고, 더러는 나한
테도 물어봐. 나중에 체육 선생님이 되어서 후진을 양성하는 것도
보람된 일일 거야. 나는 파란이 이런 사람이면 좋겠어. 햇볕이 쨍
쨍 내리쬐는 무더운 여름 한낮, 횡단보도 앞 자동점멸기에서 얻은
손바닥만 한 그늘을 주위에 나눠줄 수 있는 그런 사람. '조금 아는
것이 있다 하여 스스로 뽐내 남을 깔본다면 장님이 촛불을 든 것
과 같아 남은 비추지만 자신을 밝히지 못하네'라고 부처님께서 말
씀하시지만, 파란이 대학에서 잘 배워서 겸손한 마음으로 후진을
키운다면 잘할 수 있을 거야." (파란이 이때부터 공부에 길들기 시작했다.)

"파란아. 너 키스해봤어?"

"아뇨 아직요."

"너 진홍이하고 친하잖아. 한번도야?"

"네. 정말요. 진홍인 내게 하얀 눈사람 같은 친구예요. 내 입술
이 닿으면 녹아서 사라질 것 같은. 내가 바라보는 눈길만으로도
녹아서 사라질 것 같은 그런 순백의 여자. 진홍인 내 마음 속에 천
년만년 하얀 눈사람으로 남아있을 거예요. 진홍이 생각만 하면 입
안에 가득히 아카시아 꽃향기가 짙게 배어 나와요."

"파란이가 진홍일 정말 좋아하는구나."

"유진 선생님은 제가 첫눈에 반해버린 매력적인 면이 많으신 분
이세요. 여자로서."

"진홍이보다 내가 더 예쁘니?"

"글쎄요?"

"그러면 질문을 바꿔서. 진홍이보다 내가 더 좋으니?"

"사람의 크기는 키로 잴 수 있지만, 사랑의 크기는 키로 잴 수가 없잖아요. 국화는 국화답게, 장미는 장미답게 피면 그만이죠. 국화가 장미보다 크기가 작은 이유는, 사랑을 너무 많이 가지고 있어서 크기가 작은 것이에요."

"누가? 진홍이가 그래?"

"아니요. 제가요."

유진은 그윽한 눈으로 파란을 바라보며 두 팔을 벌렸다. 가을 향기가 가득 찬 곱게 묽든 단풍나무 아래서.

파란은 멀리 달려와 골인 지점을 들어가듯이 유진 선생님의 품으로 파고들었다. 유진은 파란이 엉덩이를 '톡톡' 쳤다. 파란은 마음속으로 유진 선생님의 입술을 탐닉하다, 놀래서 멈추고 뒤로 물러났다. 이번에는 유진 선생님이 먼저 손을 내밀어 주셨고 파란은 더욱더 힘주어 잡았다.

"파란아 너 알사탕 이야기해줄게. 숙제야."

"'누군가'는 알사탕을 입속에 넣자마자 으지직으지직하고 씹어 먹는 사람이 있어. '누군가'는 알사탕을 입속에 넣고 한참을 으음 하고 빨아먹다 으지직하고 씹어 먹는 사람이 있어. '누군가'는 알사탕을 입속에 넣고 계속해서 으음 하고 끝까지 빨아 먹는 사람이 있어."

"파란아, 다음에 만날 때까지 각기 어떻게 다른지 잘 생각해봐."

해가 뉘엿뉘엿 지고 있을 무렵 큰길가에 내려왔다. 노을이 오늘따라 참 곱다. 파란은 유진 선생님과 산정호수에서 나오는 버스를 같이 타고 시내까지 모셔다드렸다.

유진이 파란하고 한 단풍나무 아래에서의 포옹. 사실은 키스를 위한 포옹이었지만, 감행하지 못한 모험이었다. 유진은 한 번도 실행해보지 못한 행동을 해보았다. 그 행동을 후회하지는 않는다. 그 행동을 통해서 유진이 마음속에 묶여있던 순결의 벽을 허물었다. 그 상대가 파란이어서 더 좋았다.

파란은 수요일 저녁에 기정이 다니는 성당에 나갔다. 유진 선생님이 보고 싶어서 혹시나 하고 나와 봤다. 마침 유진 선생님이 나오셨다. 유진은 파란이하고 기정일 데리고 중국식당으로 갔다. 셋은 자장면을 시켜 먹는다. 누가 봐도 자연스러운 모습이다. 기정이 몰래 유진과 파란은 눈빛 교환을 나눈다. 파란은 기정에게 고마움을 표한다. 유진 선생님께는 논둑길 지나서 농수로 위의 다리가 그려진 약도를 드렸다.

낭만적인 사랑을 꿈꾸어 왔던 유진은 갈등을 겪는다. 권태와 지루함 속에서 선을 보고 온 유진은 품위를 유지하려 하지만 마음속에 숨어 있는 욕망이 이빨을 드러낸다. '이건 절대로 미친 짓이 아니야!' 창호지에 달빛이 스며들 듯이, 창문을 뚫고 들어 온 햇살이 나를 잠들게 하듯이 유진의 마음속에 백지장 같은 파란의 마음이 스며든다.

이곳 시골은 마음 놓고 돌아다닐 곳이 없다. 특히 유진과 파란이 손을 잡고 다닐만한 곳이 없다. 파란은 농수로 다리 위에서 누군가에게 들킬까 봐 마음이 조마조마하다.

"우리 이것 너무 대담한 것 아니야?"

"아뇨. 본능에 충실한 것이니 무모한 대담함은 아닌 것 같은데요."

둘은 공동묘지 길을 걷는다. 불꽃이 일도록 손을 꼭 잡고. 묘지 위에 핀 흰색과 파란색의 도라지꽃을 본다. 바람, 바람, 바람이 불어온다. 유진이 가슴에 바람이 불어온다. 보랏빛의 쓰고 아린 바람이 불어온다.

'내가 지금 겪고 있는 이 일들이 설렘으로 정당화될 수가 없다는 것을 잘 안다.'

유진은 참과 거짓이 아닌, 도덕과 비도덕 사이의 고민을 한다.

"선생님 마음에 구름이 잔뜩 끼었네요."

"선생님이 고백하나 할까? 예전에 파란이 운동장에서 땀 흘리며 달리기하는 것 많이 훔쳐보았는데 참 멋있었어."

공동묘지 위에 핀 도라지꽃을 바라보는 매혹적인 파란이의 눈에서 삶의 향기가 피어난다.

'푸드득'하고 꿩이 날아갔다. 유진은 깜짝 놀라 파란에 몸을 기대었다. 파란이 유진을 포근하게 안아주었다. 도라지처럼 아린 마음으로.

'맙소사! 유진아 제발. 충동적인 행동을 해야 할 상대가 아니잖아. 파란은 네 제자야 제발', '제자이기 이전에 우리는 서로 끌리는 남녀 사이야', '네가 무슨 사춘기 소녀야?', '지금 이 순간 확실한 것은 파란이 마법에 걸린 것처럼 빠져나올 수 없다는 거야', '그러면 그냥 지금 이 순간 마음이 이끄는 대로 가봐'

그때, 파란이 또 뒤로 물러났다. 유진이 열을 세기도 전에.

"유진 선생님 무서워하시는 모습이 꼭 소녀 같아요."

잠깐의 침묵이 흘렀다. 파란이 어색했다. 얼마 후 유진이 먼저 침묵을 깼다. "키스할까?" 유진은 강렬한 눈빛으로 파란을 쳐다보았다. 파란은 우물거리며 대답하지 못했다. 머리가 새하얗게 비어

왔다. 파란은 마치 몸속에서 대추나무 가시에 찔린 듯이 가슴이 아렸다.

'지금 내가 파란이하고 이곳에 있을 줄은…', '나는 지금 자유로워지고 싶다, 나는 지금 자유롭다' 이 꿈같은 일이 얼마나 오래갈지 알 수 없었다. '행복이란 것은 파란이 나를 안아 준 것처럼 소소한 것이 주는 즐거움에서, 잔잔한 기쁨에서 느낄 수가 있구나. 파란이 마음에서 배어 나오는 아카시아 꽃향기 같은 것이구나.'

"파란아 너는 내 마음 속에 울림을 준 첫 번째 남자야"

유진은 떨리는 목소리로 말했다.

파란은 그날 밤. 잔상 속 유진 선생님의 입술을 탐닉하다가 사랑을 나누고 몽정을 했다.

한 부부가 이번 봄부터 이곳에 들어와 양봉을 친다. 이른 봄에는 제주도에서 유채꽃 꿀을 따고 이곳으로 들어와 아카시아 꽃부터, 밤나무 꽃 질 때까지 꿀을 딴다.

아카시아 꿀은 색이 흐리지만 향과 맛이 좋고, 밤나무 꿀은 색이 약간 검은 색이 나고 쓴맛이 강하지만, 건강에는 제일 좋다고 한다. 밤나무 꽃이 필 때면, 산에 잡꽃이 다 피어서 잡 꿀이라고도 한다. 약으로 많이 사용한다고 한다.

벌들의 세계는 무질서해 보이지만 사람들의 세계보다 더 질서가 잡혀있다. 벌통 하나에 여왕벌 한 마리와 나머지는 일벌들이 있다. 벌통 입구에 보초가 있는데, 일벌들이 나가서 꿀 따먹고 들어올 때는 날개 양쪽에 꽃가루를 모아와 새끼를 먹인다. 꽃가루를 챙겨 오지 않으면 보초에게 제지를 당한다.

여왕벌이 부화하면 세간살이를 한다. 보통 나뭇가지나 처마 밑에 여왕벌 한 마리가 날아가 앉으면 일벌들이 떼로 몰려들어 여왕벌을 보호한다. 여왕벌과 뭉쳐있는 일벌들을 그물에 살살 쳐서 넣어 빈 벌통에 쓸어 넣으면 벌통이 또 하나 늘어난다.

큰길에서 파란이 집 쪽으로 올라가다 Y자로 길이 갈라지는데 오른쪽으로 한참을 올라가면 이번에 생긴 양봉장이고, 왼쪽 길이 파란이 집 쪽이다. 파란은 아버지하고 양봉장에 가서 간단한 교육을 받고, 아버지께서 양벌 1통을 사서 가져왔다. 멀리 이동하기도 어렵다. 밤에 벌이 다 들어가면, 입구를 막고 담요를 씌워서 충격 없이 이동시켜야 한다.

토요일 아침에 눈을 뜨니 문득 학교에 가기 싫다. 일찍 일어나 사복을 입고 시내로 나가 서울행 직행 버스를 탔다. 잠시 후 약속이나 한 것처럼 유진 선생님이 버스에 타셨다. 선생님은 파란이 옆으로 와 앉으셨다.

"파란이 학교 안 가고 어디가?"

"오늘 학교 가기 싫어서 서울구경 가요. 사실은 공부하려니 실력이 달려서 참고서 좀 사려고요. 그러는 선생님은 이 시간에 웬일이세요?"

"나도 서울에 볼일 보러."

버스가 출발하고 잠깐의 침묵 끝에 파란이 조심스럽게 말했다.

"유진 선생님 오늘 바쁘세요?"

"왜?"

"혹시 시간 괜찮으시면 영화 보여 주세요."

"그래, 좋아."

유진 선생님은 언제나 담백하다. 선생님은 퇴계로에 있는 극장으로 파란일 데리고 갔다. 실베스터 스텔론 주연의 'ROCKY 2'가 상영 중이었다.

"이 영화 주인공하고 파란이 많이 닮았어."

"제 친구 기정이 알죠? 선생님하고 성당 같이 다니는 애요."

"그럼. 기정이 알지."

"그 친구가 복싱하잖아요, 선생님 이런 영화 괜찮으세요?"

"괜찮아. 파란이 재미있게 봐."

유진 선생님은 파란의 손을 꼭 붙잡고 깜깜한 극장 안에서 좌석을 찾아 앉았다. 우리는 손을 계속 잡고 있었다.

유진 선생님은 주먹이 한 번씩 오고 갈 때마다 움찔움찔하며 파란에 기대었다. 파란은 속으로 '더 때려, 더 때려'를 주문 외우듯 읊었다.

맞으면서 때리고, 때리면서 맞고, 맞고 쓰러지면서 또 일어서는 로키. 맞고, 맞고 또 맞고, 그러면서도 같이 맞받아치며 쓰러질 듯, 쓰러질 듯 또 때리고 맞는 로키. 그의 투지는 마지막 15회 종이 울리는 그 순간에 맞아서 감긴 눈으로 사랑하는 '아드리안'을 부르며 목표의 정상에 우뚝 섰다.

'로키 발보아' 그는 이미 챔피언이다. 맞아서 감긴 눈으로 아무것도 보이지 않지만 언젠가는 '누군가' 그에게 챔피언 벨트를 채워줄 것이다.

"6년 동안 항상 그런 식인 이유가 뭐예요?"

"알 필요 없어."

"알아야겠어요."

"알고 싶냐?"

"알고 싶어요!"

"좋아. 알려주지. 너는 훌륭한 선수가 될 자질이 있었어. 그런데 넌 고리대금업자 하수인 노릇이나 하고 있지. 그게 이유다!"

"직업이에요."

"네 인생을 낭비하는 거야."

- 1976년, ROCKY 中.

이것이 내가 학교에 안 가고 서울 올라와 혼자서 본 ROCKY다. 지금은 유진 선생님하고 ROCKY-2를 보고 있다. 로키의 속편은 세계챔피언인 아폴로가 자신의 명예회복을 위해 로키를 자극하면서 재 시합이 이루어진다. 아폴로와의 재대결을 중심으로 하면서 시합이 이루어지기 전의 상황이 잘 그려졌다.

아폴로와의 시합이 다가오는데 시합을 반대하던 아내 아드리안이 출산 후 의식불명 상태이다. 로키는 아드리안의 면회가 끝나고 성당을 찾아간다. 로키와의 불화를 겪은 코치 미키는 로키를 이해하면서 독려를 한다.

"같이 기도해 줄게. 더는 잃을 것도 없어. 말해주고 싶은 것이 있어. 다신 이야기하지 않겠어. 자넨 기회를 다시 잡은 거야 두 번째 기회인 셈이지. 그것도 헤비급 세계챔피언 타이틀매치로. 시합이 다가오는데 로키 너는 준비가 아직 안 돼 있어. 이 늙은이가 부탁하는데 다시 일어나 싸워보지 않겠나?"

독백 같은 미키의 말에 로키는 반응이 없다. 아드리안의 정신이 돌아오고 "이겨 달라"는 아드리안의 말 한마디에 로키의 맹훈련이 시작된다.

드디어 세계챔피언전이 벌어지고 로키와 아폴로의 처절한 싸움이 벌어진다. 마지막 라운드에 둘은 모두 쓰러진다. 로키가 다시 일어서고 마침내 헤비급 세계챔피언에 오른다.

"파란이도 로키처럼 선생님이 부탁하면 들어 줄 수 있어?"

"그럼요. 말씀만 하세요."

"그러면, 우리 파란이 꼭 훌륭한 체육 선생님이 되었으면 해. 파란이 네게도 공부할 수 있는 두 번째 기회가 온 거야."

"네, 노력할게요. 그 꿈을 꼭 이룰게요."

파란은 '스티커 한 장을 챙겨서 기정에게 갖다 주며 자랑 좀 할까?' 잠깐 생각하다. 우리 둘만의 비밀을 만들고 싶어 그만두었다.

"파란아 우리 밥 먹으러 가자."

"네! 선생님."

유진 선생님은 퇴계로에서 고개를 넘어 장충동으로 내려와 족발집으로 들어가셨다.

"복싱에, 족발에 선생님 취향이 좋으신데요."

"파란이 너 좋아하라고."

파란은 상추쌈에 족발을 싸서 유진 선생님한테 한 쌈 드리려는데 유진 선생님의 쌈이 파란이 입에 먼저 들어왔다. 계속 씹는데 족발의 쫄깃함에 더해 '파란이 너 좋아하라고, 파란이 너 좋아하라고.' 씁쓸하게 쫄깃쫄깃하게 씹히는 것이 자꾸 되 낸다. 단물이 빠진 껌을 씹고 있는 것처럼.

"파란아 우리 조금 전에 고개 넘어오다 호텔 봤지. 사실은… 나 다음 달에 그 호텔에서 결혼해. 오늘 예식장에 드레스 입어보려고 왔어. 다음 주에 학교에 사표 낼 거야. 그리고 파란이 만나서 이야기해 주려 했는데 오늘 마침 만났네." 유진은 한숨을 푹 내쉬었다.

'우연이란 없다. 모든 것이 신의 계시다.'

"내가 처음으로 그 학교에 부임해서, 오랫동안 있고 싶었는데 집안에서 갑자기 서두르는 바람에… 제대로 연애 한 번 못해보고 그렇게 됐어. 사실 그동안 내 마음을 설레게 하는 사람이 한 명도 없었거든."

파란은 이제 이해가 갔다. 일전에 선생님이 말씀하신 '우리는 모두 이해관계 속에서 얽혀 살아가는 사람들이야'라는 말의 뜻을. 선생님은 이 결혼에 대해 마음이 내키지 않는 것 같다.

"선생님 축하드려요. 행복하셔야 해요."

"우리 이 앞에 공원이 있는데 거기로 갈까?"

유진 선생님하고 파란은 장충공원 벤치에 앉았다. 공원 한쪽에서는 청소부들이 떨어진 단풍나무 잎과 은행나무 잎을 쓸고 있다. 공원 다른 한쪽에서는 아주머니들이 모여앉아 잔디밭의 잡초를 뽑고 있다.

"여기가 김두한이 일본 놈들하고 싸웠다는 장충공원이에요?"

유진 선생님의 얼굴은 쓸쓸해 보였다. 묘지 위에 핀 도라지처럼.

"파란아. 길가에 떨어져 이틀 동안 더 불타야 하는 단풍나무의 낙엽을 쓸고 있는 청소부의 마음은 설렘일까? 떨림일까? 두근거림일까? 아니면 그 후로 이틀 동안 가슴이 더 뜨겁게 불탔을까?"

"유진 선생님. 길가에 떨어져 이틀 동안 더 물들여야 하는 꽃잎을 쓸고 있는 청소부의 마음은 행복일까? 고통일까? 고독일까? 아니면 그 후로도 이틀 동안 가슴이 더 곱게 물들었을까요?"

유진 선생님과 파란은 잔디가 아니라는 이유만으로 뽑혀야하는 수많은 잡초의 심정을 아파해 했다.

"파란아 고맙다. 외로움을 같이 해줘서. 알사탕 이야기는 생각해봤어?"

"네. 생각해봤어요."

"첫 번째 '누군가'는 이것저것 잴 것 없이 폭풍우처럼 몰아치는 불같은 사랑이에요. 원시적 색채에 유진 선생님이 잠깐 느낀 감정이요. 두 번째 '누군가'는 맞선을 보고 결혼을 해서 점차 달콤함에 익숙해지면서 권태기가 찾아오고. 각자 서로 불같은 사랑을 꿈꾸어보는 그런 사랑이에요. 세 번째 '누군가'는 생이 다할 때까지 녹아서 달콤하게 길고 긴 생이었지만, '확 깨물어버려'라고 마음이 흔들릴 때마다 생긴 많은 생채기가 얼마나 쓰렸을까? 우리 인생에 가장 표본이 되는 사랑 아닐까요?"

"우리 파란이 그 사이 부쩍 커버렸네. 내적 성숙을 가져왔고 나를 바라보는 눈 또한 장난기가 쏙 빠지고 더 깊어졌어."

'사실은 사고가 깊은 진홍이에게 물어보았어요'라고 파란은 차마 말을 못했다.

"이 이야기는 마음속에 혼자 간직하고 싶었는데, 오늘 파란이 보니 꼭 말하고 싶어."

유진 선생님은 눈을 지그시 감으셨다.

"파란이가 곱게 묽든 단풍나무 밑에서 나를 안았을 때 나는 숨이 멎는 줄 알았어. 그때 내가 속으로 숫자를 세고 있었어. 하나에서 열까지 세자, 그리고 파란이하고 키스하는 거야. 그런데 파란이 일곱에서 그만 물러섰지. 삼초만 더 있어 주지 그랬어? 감행하지 못한 모험이 됐잖아. 나 그때 진홍이에게 질투심 같은 것이 있었어. 파란이 네가 진홍이만 너무 아끼는 것 같았거든."

"유진 선생님, 좋아하는 것은 각기 모양은 달라도 부피는 다 같은 거래요. 무게와 부피의 문제죠."

'그리고 저는, 그날 마음속으로 선생님 입술을 탐닉하다 놀라서 물러난 거예요.'

유진은 생각한다. 이런 설렘이 사랑이라면 얼마든지 기다릴 수 있다. 우리가 못 이루어질 게 뭐가 있겠는가. 6년 후에는 파란이 대학에 들어가서 학교를 다니다가, 군대 갔다 와서 복학하면 될 텐데. 파란이 그때 24살, 나는 만으로 29살이다. 뭐 그리 어려운 것도 아니다. 앞으로 자극 없는 삶은 지루할 것이다. 유진은 근처 화장품을 파는 곳으로 들어섰다. 파란 용기에 담긴 스킨과 로션을 골랐다.

"파란아 네게 물들어있는 아카시아 꽃향기만큼은 아니겠지만, 내 맘에 드는 향으로 골라도 되겠지? 파란이 나하고 같이 노래하고, 연주해준 선물이야."

"선물은 이미 단풍나무 아래서 엉덩이 '톡톡'해 주셨잖아요."

"그것은 키스해달라는 신호였는데."

"진홍이 요즘 왜 안 와?"

아버지께서 진홍이가 보고 싶은가 보다.

"진홍이 바빠요. 집에서 의대를 가라고 해서 머리에 열 좀 날걸요. 시험 다 끝날 때까지 각자 공부 열심히 하고 시험 끝난 후에 나중에 홀가분하게 만나자 했어요."

호랑이도 제 말 하면 온다고 말하기가 무섭게 진홍이 자전거를 타고 집으로 찾아왔다. 아버지, 어머니 겨울 내복 한 벌씩 사서 왔다.

"산속의 추위는 일찍 온다면서요."

"진홍아 우리가 빚진 것 생각하면 너를 업고 다니고 싶다. 공부하느라 많이 지쳤지? 오늘은 씨암탉 잡아서 인삼 넣고 푹 삶아줄게 많이 먹고 힘내자."

어머니께서 닭을 잡으러 가셨다. 아버지께서는 방으로 들어가 고급스럽게 생긴 기타 하나를 들고 나오셨다. 지난번에 서울 가셨을 때, 똑같이 값 좀 나가는 놈으로 두 개를 사 오셨다. 하나는 내 것이고 다른 하나는 저것이다.

"예전에 파란이 치던 것을 주어서 마음에 걸렸어. 진홍이 네 수고에 비하면 아무것도 아니지만 공부하다 지치면 쉬엄쉬엄 쳐라."

"네, 아버님 감사해요."

"진홍이 공부 잘하고 있어?"

"무척이나 열심이지. 파란이 네가 문제지. 파란이 너 지난주 토요일에 너희 반에 갔더니 학교 안 나왔던데, 너 어디 갔었어?"

"서울에 참고서 사러."

"파란이 모르는 것 있으면 나한테 물으라 했지?"

"나야 체대 갈 거니까 혼자 해도 되지만, 진홍이 너는 의대 가려면 그런 데 허비할 시간이 어디 있어."

"어머니 끓여주시는 백숙 먹고 힘내서 꼭 좋은 의대 갈게. 파란아 아자, 아자 파이팅이다."

"진홍이가 우리 파란이 목숨 살려준 것도 모자라 공부까지 책임지고. 고맙다. 고마워."

"살려놨으니 끝까지 책임져야죠. 파란이 넌 이제 내 것이야."

진홍이 태연스럽게 말했다.

아버지께서는 이를 드러내며 기분 좋게 허허 웃으신다.

파란이 진홍이 기타를 들고 집을 나섰다. 둘은 손을 꼭 잡고 걸었다. 진홍은 파란이에게 듣고 싶은 말이 있었지만, 그냥 말없이 걸었다. 내가 먼저 말을 할까? 망설이다 '나도 여자인가보다' 하고 혼자 부끄러워 땅만 바라보고 걸었다.

"파란이 언제부터 화장품을 발랐어? 스킨 냄새야? 향수 냄새야?"

"아버지 부탁이 있어요."

"뭐냐?"

"아버지 서울에 나들이하실 때 입는 양복하고 셔츠와 넥타이 좀 빌려주세요. 구두도요."

"왜? 정장이 왜 필요한데?"

"어머니, 일전에 가정방문 오신 선생님 아시죠? 내일이 그분 결혼식이에요."

"그래서 또 학교 안 가고 거기, 결혼식에 간다고?"

어머니께서는 버럭 화를 냈다.

"토요일인데요. 다음 주부터 정말 공부만 열심히 할게요."

파란은 아버지 구두를 깨끗하게 닦았다.

파란은 어머니께서 다려 준 셔츠에 빨간색 계통의 넥타이를 매고 남색 양복에 구두를 신고. 머리는 한 달 전부터 담임선생님한테 걸리지 않을 정도의 적당한 길이로 멋을 한껏 냈다. 간밤에 마음이 설레 잠을 설쳤다.

마음이 급해 시외버스 터미널까지 자전거를 타고 가서 터미널에 자전거를 묶어놓은 다음 서울행 직행 버스를 타고 마장동에서 내려 제기동에서 지하철을 타고 종로 5가에서 내린 후 거기서부터는 부지런히 걸어갔다. 토요일 새벽부터 서둘러 파란은 퇴계로 언덕의 A 호텔에 도착했다.

한껏 멋은 부린다고 부렸지만, 서울 사람들하고 비교할 수조차 없이 초라했다. 하지만 진홍이 말해준 표범, 표범의 포스로 밀어붙였다.

신부대기실에 유진 선생님을 찾아갔다. 만개한 벚꽃처럼 곱디고운 유진 선생님. 파란은 붉게 물든 단풍나무 아래서 키스를 못 한 것이 한스럽다. 우리가 공동묘지에서 했었나?

"파란이 와주었네. 고마워. 어디 한번 안아보자."

"no, no, no." 손사래를 쳤다.

"악수만. 저도 예의가 있죠. 어찌 드레스 입은 새 신부를 제가 먼저 안아요. 불순한 마음으로."

유진 선생님은 파란이 손을 꼭 잡으셨다.

"식사 꼭 하고 가야 해. 그리고 공부 열심히 해서 체육 선생님이 되는 거야. 언제나 항상 '누군가' 아니, 내가 파란을 지켜보고 있다 생각하고. 파란이에게는 내가 선물한 화장품을 발라도, 아카시아 꽃향기가 배어있다는 것 항상 기억할게. 파란이 생각하면 항상 떨림이 있을 거야."

파란이 다리를 다쳐 운동을 못하게 되어 실의에 빠져 있던 그해. 유진 선생님과 보낸 몇 개월 사이에 소년 파란은 진정한 남자가 되어 있었다.

곱게 물든 단풍잎 하나에 유진 선생님과의 사연을 적어 노크도 없이 추억 속에 보냈다. 아무 의미도 없이 하루하루가 먹구름 흘러가듯이 흘러간다. 어떤 재미도 없고 무미건조하다.

아침에 일어나니 온 산에, 온 들녘에 상고대가 하얀 공작의 꼬리처럼 소복하게 피었다. 하얀 공작의 활짝 편 꼬리에 차곡차곡 쌓인 기억처럼.

하루하루가 아무런 의미도 없이 무미건조하게 그냥 흘러가는 것이 아니고, 기억 속에 차곡차곡 쌓인다는 것을 알았다. 하얀 공작의 꼬리처럼 소복하게 핀 상고대가 작년에도 그랬고 올해도 그랬듯이 내년에도 그러할 것이라 약속한다.

진홍이 파란을 찾아왔다.

파란이 매우 바빠 보였다. 아버지 어머니 파란이 모두가 바쁘다. 진홍은 파란이 화장품을 사 왔다. 유진 선생님이 선물해준 화장품과 냄새가 다른 것으로.

"파란이 뭐하는데 이렇게 바빠."

"진홍이 너 시험이 코앞인데 왜 또 왔어."

"오늘 하루만 머리 좀 식히자. 하루만." 진홍이 태연스럽게 말했다.

"알았어. 우리는 인디언서머에 겨울 준비를 해놔야 하거든. 장작 패고, 항아리 닦아서 땅속에 묻어두고, 인삼밭 이불 덮고. 기타 등등."

"나도 하고 싶어. 이런 일 나도 꼭 하고 싶었어."

진홍은 어머니를 따라다니며 중요한 일들을 도와주고, 파란은 아버지를 도와 힘쓰는 일을 했다. 겨우 오늘 일을 끝냈다.

"오늘은 진홍이 때문에 이 정도로 끝낸 거야. 진홍이 고생했다."

아버지께서는 아침에 놓은 어항을 계곡에서 찾아오셨다. 잡고기들이 가득 차 있었다. 아버지와 내가 내장을 따고, 어머니와 진홍이 어죽 끓일 재료를 준비했다. 한 솥 끓여서 국수를 풀어, 걸쭉한 어죽이 완성됐다.

"진홍이 많이 들어. 오늘 고생 많았다."

"파란아 낮에 학교에서 풀어 달라던 문제들이야."

"진홍이에게 고마워서 어쩌나. 파란이하고 진홍이 대학 가면 내가 진홍이 서울 명동에서 유명메이커로 옷 한 벌 사줄게. 당신 사줄 거죠?"

"당연하지. 나는 그것보다 더한 것도 해줄 수 있어. 내 욕심 같아서는 진홍이만 괜찮으면 우리 민며느리 삼고 싶어."

"민며느리보다는 남색짜리³⁾는 어떨까요? 저 일찍 시집오고 싶은데요."

모두가 기분 좋아 웃는다. 어느새 해가 지고 어둑어둑해졌다.

"진홍이 자전거 놔두고 버스 타고 가자. 자전거는 내일 내가 가져다줄게."

진홍이하고 파란이는 누가 먼저랄 것도 없이 둘이서 또 손을 잡고 걸어 내려갔다. 풀벌레 우는 소리, 부엉이 우는 소리, 진홍이 무서운 듯이 파란이에게 바짝 붙어 걸었다.

유진 선생님이 아쉬워했던 곱게 묽든 단풍나무 아래를 지나 조금 더 내려가. 노란 은행잎이 달빛에 펄럭이는 나무 아래 섰다. 파란은 유진 선생님이 파란을 보던 그윽한 눈을 하고 두 팔을 벌렸다. 잠시 머뭇머뭇하던 진홍은 파란의 품으로 들어왔다. 파란은 속으로 열을 세고, 진홍의 양 볼을 손바닥으로 감싸 살짝 들어 올렸다. 눈을 감은 진홍의 입술은 파르르 떨리고 있었다. 파란은 가볍게, 키스보다는 뽀뽀 쪽에 가깝게 그렇게 '쪽'하고 물러섰다.

곱게 묽든 단풍나무의 마지막 잎들이 살랑대며 흔들린다. '나는 네가 지난 날, 유진 선생님과의 일을 알고 있다'고 말하는 듯이. 파란

---

3) 남색짜리: 머리를 쪽지고 남색치마를 입은 나이 스물 안팎의 새색시.

은, 여기서 무너지면 진홍이가 의대 가기 힘들어질 거라 생각했다.

진홍은 몽롱한 표정을 지으며 내가 여자로서 성적 매력이 없나 보다 생각한다. 진홍은 끈 떨어진 연처럼 어깨가 축 처졌다. 돌아오는 버스 안에서 진홍이 생각한다.

한 번의 손길, 한 번의 눈길, 한 번의 입맞춤.

시간이 멈추어진 세상. 그 세상 안에 우리 두 사람. 파란이 놀라 달아날까봐. 사랑해 보다는 좋아해, 보고 싶었어, 라고 말하고 싶다. 파란이 집 앞의 느티나무와 버드나무의 침묵처럼 딱 그 공간만큼의 거리를 유지하면서, 땅속으로 손을 뻗어 영원을 노래하듯이.

"진홍아 화장품 잘 바를게. 고마워."

파란이 꿈결에서 진홍이 목소리를 듣고 눈을 떴을 때 눈앞에 공작⁴⁾ 한 마리가 파란을 내려 보고 있었다. 아마도 그때부터였을 거다. 공동묘지에서 꿩이 '꿩꿩'하고 파란일 부르듯이 슬피 울면, 파란이 그곳을 찾아 올라간다. 그곳에 가면 공작 한 마리가 꼬리를 활짝 펴고, 양지바른 묘지 옆에서 파란을 기다리고 있었다. 공작의 눈을 들여다보면 파란은 멀리 환상의 세계로 떠난다.

눈이 가고, 비가 온다. 첫눈이 쏟아져 내려 천지 사방이 하얗게 물들었을 때의 설렘. 눈이 녹아 거리가 뜨겁게 질퍽거릴 때의 방황. 폭우가 쏟아져 내려 온천지가 민낯을 드러내고 미소 지울 때의 떨림. 뽀얀 안개가 걷히고 차갑게 빠드득 거릴 때의 두근거림. 나. 눈처럼 뜨거운 사랑보다는 비처럼 차가운 사랑을 하고 싶다.

지나온 길은 기억 속에 비밀스럽게 머물러 있지만 다가올 날은 '누군가' 계속 밀고만 간다. 무엇인가? 누구인가? 기대하지 않았던 사람이 내게로 왔다. 손은 수줍게 살짝 내밀고 얼굴은 반달처럼 살짝 웃는 듯, 내게 인사를 하는 것 같은데. 나는 제비꽃처럼 돌틈 속에 숨어 모른 체하며 숨어있다. '누군가' 향긋한 비누 냄새가 난다.

---

4) 공작: 부채꼴로 퍼진 수컷공작의 꼬리 깃털에는 무지갯빛 눈(eye) 모양의 무늬가 있다. 그 색이 휘황찬란하다.

실루엣. '누군가의 실루엣인가? 그녀는 바로 진홍이다. 같은 시간, 진홍이도 꿈을 꾼다. 첫인상, 꿈속에서도 현실에서도. 첫사랑, 첫 손길, 첫 느낌.

그때 그곳에서의 당신도, 지금 이곳에서의 당신도. 첫사랑, 첫 손길, 첫 느낌.

'파란아 너의 미소 속에 내가 있는 것을 보았을 때 처음으로 내가슴은 뛰게 되었어. 이런 사랑이 내게 올 줄이야. 꿈속에서도 웃음만 나와 참을 수가 없어. 이래도 되는 걸까? 너무 기뻐 웃음만 나와. 너와 나 우리 사이에 핑크빛 꽃비가 내렸으니 꿈속이라도 한눈팔면 용서 안 할 거야.'

진홍이하고 파란은 대학 예비고사를 치르기 위해 다른 학생들과 같이 인천으로 새벽같이 출발을 했다. 후배들이 새벽같이 나와서 선배님들 힘내라며 따뜻한 차와 엿을 나누어 주었다. 예비소집에 참여한 후 1박을 하고, 다음날 시험장으로 가기 위해 인천 자유공원 위에 숙소를 정했다.

그날 밤. 파란은 몰래 진홍을 불러내 자유공원으로 갔다. 맥아더 장군 동상 아래서 집에서 잘 싸온 엿을 한 조각 진홍이 입에 넣어주었다. 잠시 후 한 조각 더 넣어주었다.

"긴장하지 말고 잘 봐. 진홍이 부모님이 기대가 클 텐데, 너무 부담 갖지 말고."

"파란이도 잘 봐."

"빨리 들어가 감기라도 걸리면 큰일이다. 잘 자."

오늘도 파란은 한 여인의 그림자를 밟으며 걷고 있다. '누군가' 그 여인은 파란을 마주 보고 뒷걸음질로 걷고 있다. 하얀 이를 드러내고 선홍빛 잇몸까지도 내보이며 활짝 웃으면서 걷고 있다. 우리는 얼마나 걸었을까? 눈으로 얼마나 많은 이야기를 나누었을까?

　어느 순간 두 갈래 갈림길이 나온다. 파란은 어두운 오른쪽 길, 그 여인은 분홍색 꽃비가 내리는 왼쪽 길로. 매일 밤 방학 동안에 일기 쓰듯이 똑같은 꿈을 꾼다.

　밤이 오면 매일매일 설레고, 매일매일 떨리고, 매일매일 두근두근 한다. 오늘밤도 파란의 눈길은 미니스커트를 입은 한 여인의 뒷모습을 쫓고 있다. 종로 3가의 도넛 카페에서 데이트하고 있다. '누군가'와 함께.

　나는 오늘도 버드나무처럼 흔들리고 있다. 수면제 때문인지 보라색 바람 때문인지 잘은 모르지만. 잘은 모르지만 내 몸이 흔들리는 것은 약 때문인 것 같고, 내 마음이 흔들리는 것은 보라색 바람 때문인 것 같다.

　또다시 나는 '잠 들여진다', '누군가'에게. 파란은 앞에 있는 한 여인이 시야에 들어왔다. 파란은 그 여인을 바라보았다. 그 여인은 사람들의 눈길을 끌어들이는 미모를 타고났다. 그 여인의 미모 때문인 듯도 하겠지만 창백한 얼굴 때문에 더욱 주변이 뿌옇게 흐렸고, 그 여인만이 선명하게 파란의 시선에 들어왔다. 얼굴이 창백한 그 여인의 눈은 이슬처럼 영롱했고, 그 여인은 파란의 마음을 끌어들이는 미소까지 간직했다. 그 여인과 파란은 서로 눈이 마주치면 피하려 하지 않았다. 파란은 그 여인의 맑은 눈 속으로 빠지듯이 빨려들었다. 파란은 '어떻게 접근할까?', '재치 있는 방법이 뭘까?' 생각해 보았지만 아무것도 떠오르지 않았다. 파란은 결국 꿈속 저 세상에 그 여인을 홀로 남겨두고 돌아왔다.

"진홍이 결국 의대 간 것 후회 안 해?"

"나도 생각이 있어서 내린 결정인데 뭐. 열심히 공부해야지."

진홍이하고 파란은 주로 종로 3가에서 만났다. 파란은 체육교육학과, 전공은 육상이다. 진홍은 부모님의 뜻에 따라 의대에 갔다. 전공은 대학원에서 신경 정신의학과 석사, 박사과정을 밟을 예정이다.

파란은 성북동 할아버지 댁에 머물고, 진홍은 학교 기숙사로 들어갔다. 진홍은 파란이 아버지께서 이야기해서 파란이 할아버지 댁에 방 하나 내준다고 했지만 굳이 사양했다. 파란은 할아버지께 금전적으로 폐 끼치지 말라는 아버지의 말씀에 따라 아르바이트를 하고 있다. 할아버지께서는 아버지가 당신의 뒤를 잇지 않은 것에 많이 노하셨다.

파란은 강의가 없는 날이나, 강의가 일찍 끝나는 날에는 종로 3가에 있는 호프집에서 아르바이트를 한다. 시간이 없는 진홍은 어쩌다 시간이 나면 종로 3가로 나와 파란을 기다린다. 진홍이하고 파란은 둘만의 시간에 밥 먹고, 영화 보고, 공원 벤치에 앉아 간단하게 캔 맥주 1개씩 마시며 시간을 보낸다.

최근에 본 영화는 취권이다. 성룡이 술을 먹고 휘청거리면서 권법을 보여주는 코믹 중국영화이다. 최근에 먹은 밥은 파란이 아르바이트하는 호프집에서 돈가스 한 개에 생맥주 500CC 1잔씩.

파란은 진홍이에게 명동에서 은반지 한 개를 사서 끼워주었다. "나중에 돈 벌어서 다이아몬드반지 사줄게" 하며.

진홍은 파란에게 하늘색 티를 사주었다. "파란 하늘로 너를 지켜볼 거야."

파란의 어머니는 약속한 대로 진홍에게 예쁜 분홍색 양장 한 벌을 사주었고, 아버지는 진분홍 구두를 사주었다. 명동에 있는 사롱에서.

종로 3가에 언제부터인지 도넛 카페가 생겼다. 진홍이하고 파란은 늘 그곳에서 만난다. 여름방학 때도 파란은 아르바이트 때문에 집에 일주일만 다녀왔다. 진홍은 시간을 못내 방학 기간 내내 집도 못 내려갔고, 종로 3가로 파란을 찾아온 것도 2번뿐이다. 2학기가 시작됐고, 1학기 때와 달리 요령이 생겨서 시간을 효율적으로 잘 쓰는 법을 배웠다.

보석잔상

진홍이하고 파란이 이 둘은 오늘도 도넛 카페에서 식사 대신 빵과 주스를 마시며 이야기를 나누었다. 파란이 자꾸 눈길이 가는 한 여인이 있다. '누군가' 분홍색 미니스커트를 입고 얼굴은 서울 사람이라 하얗다.

(서울 사람들은 모두 얼굴색이 하얗다. 산속의 겨울 풍경처럼)

그 여인은 하얗다 못해 창백하다 분꽃의 분가루를 바른 것처럼. 목에는 파란 혈관이 선명하다. 뱀파이어가 있다면 제일 먼저 달려들 것이다. 고려청자같이 날렵한 몸매에 키는 165cm 정도. 파란이 처음 그 여인을 보았을 때. 여우비처럼 호기심의 불꽃이 일었다.

그 여인은 엄마를 바라보는 아이의 눈동자처럼, 산속의 맑은 눈(雪)빛처럼 투명했다. 그러나 슬픔의 언저리가 아스라이 보인다. 그 여인과 파란은 눈이 마주치면, 서로가 피하려 하지 않고 서로의 눈 속으로 빨려드는 듯했다. '꿈속의 그 여인' 파란은 눈을 감았다. 진홍은 앞에서 두 사람을 계속 지켜본다.

"그렇게 좋아. 아주 우물에 폭 빠졌네. 파란이 너 지금 어떤지 알아? 예전에 과학 선생님 바라볼 때처럼 아주 심오해. 내가 빨리 가주는 게 좋겠지?" 진홍이 고개를 저으며 말했다.

"진홍아 나 저 여인과 대화라도 한번 못 나누면, 두고두고 후회를 할 것 같아. 미안한데 오늘 하루만 나에게 시간을 양보해줄래?"

"그래 잘해 봐."

'파란이 네가 아무리 그래도 너와 나, 우리 사이 어디에나 운명은 항상 연결되어 있으니까.'

경아는 그가 말을 걸어오기를 기대하면서 왠지 두려웠다. 그 남자 앞에 다른 여인이 앉아 있기 때문이다.

파란은 진홍의 말이 끝나자마자 의자를 박차고 일어섰다. 100m 달리기를 알리는 총소리와 함께 달려 나가는 육상선수처럼. 파란은 그 여인에게 다가가 말을 건넸다.

"저기. 죄송하지만 여기 혼자 오셨나요?"

"아, 네. 여기 우리 부모님 카페예요. 아르바이트 나왔는데요."

"그러시군요. 저, 죄송하지만 저에게 시간 조금만 내주세요."

진홍을 남겨 두고 파란과 그 여인은 카페에서 나왔다. 그 여인은 가벼운 점퍼를 들고 나왔다.

"같이 오신 일행 분은 어찌하죠?"

"아. 진홍이요. 그 친구 학교기숙사에 갈 시간이에요."

"저 앞 공원으로 갈까요?"

그 여인과 파란은 파고다 공원 벤치에 앉았다. 여인은 점퍼를 걸쳤다.

"저는 파란이라 해요. 체육교육학과 1학년이에요."

"저는 경아라 해요. 이대 영문학과 2학년이고 지금은 휴학 중이에요."

"저보다 선배님이시네요. 한때 우리 진홍이도 이대 영문학과에 가서 로맨스소설로 노벨문학상 타는 것이 꿈이었는데. 집안의 반대로 의대로 갔어요."

"선배 대접해 줄 건가요?"

"뭐, 원하신다면 해드리죠."

"그런데 무슨 일로 저를 보자고 했어요?"

"우리 집이 시골 외진 산속에 있거든요. 경아 선배님을 보는 순간 그 산속의 옹달샘에서 솟아오르는 물방울처럼 맑고 투명함을 보았어요."

"그거 듣기는 좋은데 왠지 외롭게 보이네요."

"그럼 그냥 여우비라고 하죠. 여름 한낮 햇볕이 쨍쨍 내리쬐는 날씨에 잠깐 쏟아지는 여우비요."

"그런데 아까 그 친구 정말 괜찮겠어요?"

"진홍인 벌써 학교로 갔을 거예요. 그 친구는 걱정 안 해도 돼요. 저하고 시골에서 같이 자랐고, 학교는 다르지만 같이 대학에 들어갔어요. 편한 친구예요. 다 이해할 거예요."

"자주 그러세요? 친구하고 같이 있다 다른 호기심 가는 여자를 보면 또 그 여자한테 다가가 궁금해 하고 그런가요? 여자의 마음을 모르는 것이에요? 경솔한 것이에요?"

"듣고 보니 그러네요. 제가 경솔했네요. 아까 카페에서 부모님 카페라 하셨잖아요? 거기서 아르바이트 중이라 하셨고요?"

"네. 그래요. 맞아요."

"혹시 아르바이트 자리 하나 더 필요하지 않아요?"

"글쎄요? 부모님께 여쭤볼게요. 그리고 오늘 보자고 하신 본론은 이야기하지 않으셨네요?"

"오늘은 이야기하지 않는 것이 좋을 듯싶네요. 차차, 같이 아르바이트하게 되면 그때 이야기하죠."

종로 3가에 있는 파고다 공원. 부드러운 달빛이 공원 전체를 가득 채우고 별빛은 그 둘을 비추고, 그 둘의 소곤대는 소리를 가로등만이 지켜보고 있다. 벤치에는 소녀와 소년이 수줍게 앉아 있다. 소녀는 다소 수줍은 표정이지만 공격적이고 소년은 아까와는 달리 방어적이 되었다. 파란은 오늘, 진홍이같이 마음씨 좋고 이해심 많은 친구하고만 있다가 서울 소녀에게 제대로 혼쭐이 났다. 그러나 이제 도넛 카페에서 아르바이트도 하고, 경아하고도 친구로 지내게 됐다.

도넛 카페는 개업한 지 얼마 안 됐다. 경아 부모님은 두 분 모두 장사하기에는 너무 점잖으신 분들이다. 내가 보기에는 학자 타입이다. 가끔 경아오빠라고 들리는데 경아 말로는 음악을 한다고 했다. 나도 왠지 본 듯한 얼굴이다. 오빠가 무슨 그룹의 보컬인 것 같다. 경아 부모님은 물론이고 오빠도 경아를 대하는 것이 조심스러워했다.

시골에서 밭을 태울 때가 있다. 그럴 때면 산으로 불이 번 지지 않도록 세심한 주의를 기울인다. 그런 세심한 배려라 할까? 가끔 경아는 카페에 나오지 않았다.

"학교에 일이 있었어."

내가 궁금해 하면. '학교에 일이 있었어'가 물음의 답이다 휴학했다면서. 더러는 일을 하다 코피도 흘렸다. 언젠가 한 번은 무슨 약을 먹다가 나를 보고 놀라 약봉지를 주머니 속에 쑤셔 넣는 것도 본 적이 있다.

'경아가 얼굴이 창백한 것이 몸이 안 좋은 것인가?'

파란은 믿기지 않는다는 듯이 되물었다.

"학교 휴학 했다면서?"

경아는 마지못해 대답했다.

"학교 도서관."

"굿은 비가 내린다. 가을이 깊어가고 있다.

바람 끝이 서늘해졌다. 불처럼 타오르던 나뭇잎도

창 넓은 카페의 찻잔 속에 한 잎 두 잎 떨어진다.

촛불에 낙엽이 타는 냄새. 몸부림치는 나뭇가지가 횅하다.

횅한 나뭇가지 위로 파란 가을 하늘이 차갑게 걸려있다.

가을은 잡히지 않고 재빨리 깊어졌다. 겨울이 성큼 다가오고 있다." [5]

진홍이 그사이 두 번 놀러 와서 3시간 동안 리포트 작성하고, 주스만 마시고 갔다. 파란이 계산한다 해도 한사코 계산하고 갔다.

---

5) 채성, "핑크, 블루", 북랩출판사, 2015, p. 132.

밤하늘의 별빛 대신 도시의 불빛이 반짝인다. 남산에서 내려다보는 서울 시내의 야경이 동굴에서 올려다본 하늘의 별빛만큼은 아니지만, 지금은 무엇보다 반짝이는 경아가 옆에 있다. 오늘은 그거면 됐다.

그런데 남산에서 바라본 서울의 야경불빛들 속에 검은 도둑고양이 한 마리가 숨어서 눈을 번뜩이고 빛을 내고 있다.

진홍이하고 파란은 작년 크리스마스이브에 남산에 오른 적이 있다. 그날, 둘은 남산팔각정에서 서울의 야경을 처음 보았다. 명성산에 억새꽃이 피었을 때 그곳 팔각정에 올라 바라보면 바람에 휘날리는 억새꽃이 마치 다이아몬드가 물결치듯 했다. 그곳에 어둠이 찾아와 별이 반짝이고 달이 차오르면 이곳 남산 팔각정에서 바라보는 서울의 불빛처럼 빛이 났었다. 아차, 그날. 명성산 하늘에는 별이 반짝이지 못했었다. 억새꽃에 모두 내려앉아 있었기 때문이다. 진홍이 꿀밤만 한 주먹을 파란이에게 불끈 쥐어 보이며 말했다.

"파란이 너, 나 말고 다른 여자들하고 여기 오면 죽어. 내가 눈에 불을 켜고, 검은 고양이로 너를 지켜볼 거야."

두 손가락을 진홍이 눈에서 파란이 눈 쪽으로 찌를 듯이 내보인다.

12월 24일. 크리스마스이브에 경아하고 파란이 명동으로 해서 남산에 올랐다. 경아 부모님으로부터 특별 휴가와 용돈도 받았다.

"우리 경아 잘 부탁해. 추운데 밖에 너무 오래 있지 말고."

경아와 파란이 카페를 나설 때 경아 어머니는 두꺼운 목도리를 칭칭 감아주었다. 우리 어머니가 겨울에 학교 갈 때면 토끼털로 만든 귀마개를 검은 고무줄로 엮어서 해주던 생각이 난다. 어찌나 따뜻했는지. 남산에 올라올 때는 날씨가 좋았는데, 남산에 오르자 함박눈이 남산타워의 불빛에 반사되어 다이아몬드처럼 한없이 뿌려졌다.

파란은 걸어서 올라오고 싶었지만 경아가 힘들어 해서 케이블카를 탔다. 파란이 고집대로 걸어서 왔다면 경아가 이 눈을 다 맞아야 했을 뻔 했다. 명동만큼이나 남산에도 많은 사람이 모여 있다.

경아는 명동에서나 남산에서 많은 인파들에 파도처럼 이리저리 휩쓸려 어질어질했다. 하지만 파란이가 옆에 있으니 행복하다.

"이런 번잡스러움이 이 날의 특별한 매력 아니겠어?"

서울의 야경이 마치 마술쇼를 보듯이 환상적이었다. 경아가 감탄한다.

"파란아 나는 이런 곳에 처음 와봐. 크리스마스이브, 눈, 남산에서 보는 서울의 야경. 서울의 야경이 마치 마술쇼를 보듯이 환상적이야."

"경아의 눈도 보석처럼 빛나고 있어."

명성산의 억새꽃 위로 수없이 많은 별들이 다이아몬드처럼 반짝이며 솟아올라 장관을 이루면 이곳만큼 환상적이었지. 파란은 생각한다.

"서울 사람이 시골 사람보다 더 몰라."

"모든 것이 처음이야. 신기하기만 해. 이번에는 정말 화이트 크리스마스를 선물 받은 느낌이야. 그리고 남자친구까지도."

"왜, 그동안 독약 묻은 사과를 먹고 잠들어 있었나?"

"맞아. 잠들어 있었어. 아니 잠 들여져 있었지."

"무슨 일이 있었던 거야?"

"아니. 내 말은 대학입시 때문에 공부만 열심히 했다고."

"그 말이야? 난 또."

"파란이 처음 나한테 말 시켰을 때 생각나?"

"그럼. 그날 혼쭐났는걸."

"그날도 처음에는 당황스러웠어. 거절할까 하다 순간, 내가 저 여자보다 밀릴게 뭐있어. 오기, 질투. 파란이하고 그 친구 참 보기 좋았었어. 처음 보는 사람한테 질투라니 참 우습지?"

파란은 예전부터 느껴왔지만, 경아에게 무슨 일이 있는 것이 확실했다.

"파란아 우리 어디 들어가자. 나 추워."

"그래."

파란이 경아하고 택시를 타고 다시 명동으로 왔다. 다방 안은 사람들이 꽉 차있었다. 구석에 다행히 우리 둘이 앉을 자리가 났다. 커피를 시키는데 이날은 뭐, 비엔나커피만 판다는 것이다. 그냥 커피 위에 아이스크림 한 수저 얹은 것인데. 가격도 2500원이란다. 그냥 커피는 500원인데.

파란은 커피를 마시다가 깜짝 놀랐다. 뜨거운 국을 허겁지겁 먹다가 입천장이 덴 것처럼 차가운 아이스크림 밑에 있는 커피가 어찌나 뜨거운지 혓바닥을 덴 것 같다 촌스럽게. 경아는 아이스크림만 떠먹는다.

남산과 명동의 거리에는 눈이 내리고 있어 싸늘했지만 뜨거운 커피 위에 내려앉은 차가운 아이스크림처럼 다방 안은 따뜻한 열기와 따뜻한 눈길만이 느껴질 뿐이었다. "파란아 사랑해." 함박눈보다 더 창백한 경아가 처음으로 파란에게 마음을 열었다. 뜨거운 커피에 녹아내리는 아이스크림처럼 달콤하고 뜨겁게. 칠흑같이 어두운 동굴 속에서 헤매던 경아의 인생은 파란의 눈에서 푸른빛 동굴을 보고서 마침내 살아야 할 진정한 의미를 찾게 되었다.

"파란아 나 때문에 서울 야경도 제대로 못 보고, 눈 구경도 못 하고 미안해."

"아냐, 아냐. 오늘 즐거웠어. 정말 즐거웠어. 눈은 시골에서 정말 많이 봤어. 시골에서는 눈으로 밥도 해먹어. 그리고 앞으로 시간이 많잖아. 우리 항상 붙어 있을 텐데."

"앞으로…?"

"그래. 앞으로. 나 아르바이트 자를 거야?"

"그럴 수가."

"경아야 너희 도넛 카페 지금가면 문 열렸을까?"

"어쩌면. 나 그냥 집에 가고 싶어."

"집은 어디야?"

"반포."

"반포는 어디야?"

"한강다리 건너."

"가자. 내가 데려다줄게."

"아냐. 혼자 가도 돼."

파란은 택시를 잡아 경아를 태웠다. 경아는 기운이 없는지 파란이 어깨에 기대어 숨을 가쁘게 쉰다. 산소 빠진 어항에서 고기들이 입을 물 밖으로 내밀고 뻐끔뻐끔 거리는 것처럼. 파란은 경아를 집에 데려다주고 한강 다리를 걸어서 건넜다. 한겨울 산속에 눈이 쏟아질 때 집으로 들어가는 것만큼이나 멀고 추웠다. 경아의 무엇? 그래서 마음이 더 추웠다. 경아는 속이 메스꺼워 집으로 들어가 약을 먹느라고, 파란에게 집에 들어가자는 말도 못했다.

파란은 그날 이후 며칠 동안 경아를 볼 수가 없었다.

"경아한테 무슨 일 있어요?"

"경아가 독감에 걸려서, 폐렴 증상도 있고 해서 병원에서 치료받고 집에서 쉬고 있어."

"그래서 사장님 혼자 계시고 사모님이 안 보이시는 것이에요?"

"집에서 경아를 돌보느라."

경아가 카페에 다시 나온 것은 10일이 지난 후이다. 파란은 10일 동안 "나아지고 있어"라는 사장님의 말만 들을 뿐 어찌 할 바를 몰랐다. 그저 마음만 아프고, 파란이 고집해서 남산에 간 것이 후회스러웠다.

파란이 눈을 감고 떠오른 것이 묘지 위에 핀 도라지꽃이다. 어째서, 왜? 그냥 막연히 연상되었다. 파란이 눈을 감고. 도라지꽃잎에 튕기는 이슬방울에서 경아의 꽈리 씹는 소리를 듣는다.

"파란이 잘 있었어?"

"괜찮은 거야. 많이 아팠어?"

경아의 꽈리 씹는 소리를 들었다. 얼굴색이 더 창백해졌다. 마침 오빠가 기타를 들고 경아를 데리고 왔다.

"저. 죄송하지만 기타 좀 빌릴 수가 있을까요?"

파란은 경아를 위해서 뭐라도 해줘야 한다고 생각했다. 경아 오빠가 흔쾌히 기타를 빌려주었다. 파란은 유진 선생님과 함께 했던 산울림의 내 마음에 주단을 깔고를 경아를 위해, 한때는 유진 선생님을 위해 부르던 노래를 경아를 위해, 한때는 진홍일 위해 치던 기타를 경아를 위해, 경아를 위해, 경아를 위해 노래하고 기타를 쳤다. 카페 안은 많은 박수 소리와 함께 벌써 봄이 온 것 같다. 경아의 해맑은 웃음으로 파란은 행복했다. 경아 오빠도 비싼 기타 값은 했다며 흐뭇해했다. '경아도 내 마음에 깔아놓은 주단을 즈려밟고 오지는 않겠지.'

'목련, 벚꽃, 개나리, 진달래, 철쭉, 라일락, 아카시아, 눈부신 초록의 생명, 장미, 송화, 밤꽃' 경아가 파란에게 내밀었다. 잘 포장된 선물 상자와 함께.

"봄이 오면. 봄이 온다면, 파란이하고 보고 싶은 봄 풍경들이야. 파란이 자랑하던 시골의 봄 풍경들. 봄은 꽃을 피워 벌, 나비를 부르고, 여름은 소나기를 내려 무지개를 띄우고, 가을은 곱은 단풍을 만들어 수채화를 그리고. 겨울은 하얀 눈을 내려 눈꽃을 피운다. 이들 꽃, 소나기, 단풍, 눈은 계절이 와서 제 역할을 하는 것이 아니다. 그들은 뿌연 기억을 붙잡고 흔들흔들 흔들거리며, 서로의 손을 잡고 꿈꾸듯 제자리를 찾아오는 것 아닐까? 바람이 천천히 다가와 천천히 멀어져 가는 것처럼. 모든 살아 있는 생명체의 움직임을 슬로비디오처럼 천천히, 천천히 느끼고 싶어. 파란아."

파란은 경아의 눈동자에서 푸르스름하니 아름다운 새벽빛을 본다.

"경아야 너는 참 맑고 투명해. 네 눈을 보면 시골집 앞마당의 우물이 생각나. 네 눈 속도, 두레박이 있어야 눈물을 길어 올릴 수가 있을 것 같아."

파란은 경아가 포장해온 선물상자를 뜯었다. 화장품이다.

"파란아 이것 향이 참 좋아."

오랫동안 잊고 살았던 설렘이, 경아를 다시 깨우며 찾아왔다. 어느 날 밤하늘의 별을 보면 별은 하늘에 떠 있는 것이 아니고, 하늘과 별 사이의 공간을 만날 수 있다. 별이 떠 있다는 것과 별이 하늘에서 떨어져 있다. 그 공간만큼의 차이. 그 시간에 걸려서 설렘이 찾아왔다. 태초에 세상이 열리고 시작된 시간으로부터 지금까지의 공간. 경아와 파란은 공원 벤치에 앉았다. 처음 둘이 했던 그 자리에. 맑고 밝은 보름달이 차가운 공기를 따뜻하게 데워준다.

　'나는 저 달이 너무 슬퍼 보여. 구름이 달을 흔들어 놓으면 바다 속 별들이 둥둥 떠다니고 내가 사랑하는 파란이 저 별을 따라 떠나가지 않기를 누군가에게 기도한다.
　자다가. 파란이 옆에서 잠들었으면. 영원히
　꿈꾸다. 파란이 품에서 꿈꾸었으면. 영원히
　파란 이만 옆에 있으면 세포 하나하나가 살아 숨 쉬는 것 같다.'

　달그림자가 내 마음을 먼지도 없이 쓸고 지나간다. 경아는 파란의 품속으로 파고든다. "나 추워."
　"파란아. 우리 봄이 오면. 봄이 온다면, 같이 손잡고 꼭 봄 풍경을 보러 다니자."

"그래. 경아 원 없이 구경시켜 줄게."

진홍은 자연 속에서 자라서, 영화 보기를 좋아했는데. 경아는 도시의 빌딩 숲에 갇혀 살아서 자연이 그리운 것 같다.

경아의 아픔(슬픔)은 며칠씩 시작해서 1주일, 길게는 2주일씩 지속하였다. 마치 낯선 타인처럼 소식이 끊겼다. 그러다 첫눈이 소복하게 쌓인 장독대처럼 티 없이 맑은 모습으로 돌아온다. 아무 일이 없었다는 듯이. 화창한 봄이 오기 전에 부는 꽃샘추위가 당연하듯이.

"파란아 내가 부탁한 봄은 오고 있는 거야?"

창경궁의 벚꽃놀이는 처음이다. 목련도 활짝 피어 있는데 진홍이 생각이 난다. '잘 지내고 있겠지.'

벚꽃이 필 때면 창경궁 야간 개장을 하는데. 이때도 역시 크리스마스이브의 명동이나, 남산처럼 사람들이 많이 모여들었다. 이곳은 질식할 것 같은 열기로 가득 차 있고, 발을 디딜 수 없을 정도로 많은 사람으로 북적였다. 하지만 이런 번잡스러움이 이날의 특별한 매력 아니겠나.

경아하고 파란은 창경궁으로, 덕수궁으로, 남산으로 경아의 몸 상태를 보아가며 봄 소풍을 다녔다.

'목련, 벚꽃, 개나리, 진달래, 철쭉, 라일락, 눈부신 초록의 생명, 아카시아 꽃, 장미, 송화, 밤꽃'

"파란아 네가 사는 세상은 언제나 이렇게 향기로워?"

경아의 첫 번째 화사한 봄날이 지나간다. 경아가 언제나 이 화창한 봄날처럼 맑고 따뜻했으면 좋겠다.

"경아야, 이 화사함도, 향기도. 네가 맞이한 이것은 네 것도, 내 것도 아니야. 그냥 느끼는 사람이 주인이야. 마음껏 느껴."

"나는 파란이 네가 있어서 비로소 이 화사한 봄날도 맞이했고, 향기로운 봄꽃도 맡을 수가 있었어. 내 심장은 너의 향기가 담긴 공기로 가득 차 있어."

파란은 경아를 살며시 안아보았다. 경아의 살갗에서 갓 구운 빵 냄새가 난다.

"경아야, 너는 모르고 있었지만 이미 네 마음속에는 봄이 너를 맞을 준비를 하고 기다리고 있었어. 경아야. 너무 많이 생각하지 말고 이 봄을 맞으면서 네 생각이 어땠는지 글로 한 번 써봐."

부끄러워 몸은 숨긴 체. 얼굴만 살짝 내밀고 물소리, 새소리, 바람 소리에 미소를 띠우며 소곤소곤 속삭이다 살며시 다가와 당당히 움튼 봄. '무궁화 꽃이 피었습니다.' 열을 세고 뒤 돌아보면 모두가 그냥 그대로 멈추어 서 있지만 조금씩 다가와 있는 봄. 목련, 개나리, 진달래, 철쭉. 저마다 깊고 은밀한 영혼을 담아 '못 찾겠다. 꾀꼬리'하면 봄의 전령사가 일순간에 술래를 치면가장 곱은 혼의 빛깔을 뿜어내며 설렘을 주는 봄.

"술래가 '무궁화 꽃이 피었습니다.'하고 열을 셀 때. 친구들이 '탁'하고 등을 치고 달아나면, 술래가 뒤돌아보는 순간 쫙 퍼지면서 달아나는 친구들의 모습이 마치 목련이 꽃봉오리를 터트릴 때의 경이로움 그 자체이야. 봄은 우리한테 그렇게 다가오는 거야."

경아가 글을 쓴 시간은 30분이 채 안 걸렸다.

"이것 봐. 우리 경아는 시인이라니까. 내가 얘기했지. 네 마음속에는 항상 너를 만나고 싶어 하는 것들이 줄을 곱게 서서 차례를 기다리고 있는 거야. 경아가 그들에게 눈길만 주면 돼."

경아가 오늘도 카페에 나오질 않았다. 이번 봄에는 한 번도 카페에 나오지 않은 적이 없었다. 마음의 병이 점차 나아지고 있다고 생각하며, 얼마나 많이 기뻐하고 있었는데. 또.

파란이 마감하고 집에 가려는데, 사장님께서 이야기 좀 나눌 수 있냐고 하셨다.

"사장님 무슨 일이에요?"

"파란이에게 조심스러워서 말하기 어려운데, 우리 경아 이야기야."

"네. 말씀해주세요."

"우리 경아가 많이 아프다네. 처음에는 마음에 병이 있었지. 사실은 내가 외교관 생활을 오래 했어. 그때 이곳저곳 다니면서 경아가 항상 외로웠어. 그럴 때면 경아는 늘 공부만 했어. 우리는 그런 경아를 대견스러워했지 속도 모르고. 그런데 점차 몸이 안 좋아졌어. 병원에 가서 정밀검사를 했는데 백혈병이라는 거야. 얼마나 놀랐는지 애 엄마하고 나는 그 자리에서 풀썩 주저앉았지. 그래서 사표를 내고 이 카페를 차렸어. 이제는 몸과 마음이 다 아파. 그래도 여전히 공부만 하는 거야. 학교, 공부, 영문소설 읽는 것. 그것이 경아의 유일한 탈출구야. 이 카페를 차리면서 사회생활 좀 하라며 몇 번이고 데리고 나오려고 했는데 계속 거부하다 경아가 카페에 처음 나온 날 파란이 자네를 만났지. 지금은 마음의 병은 좋아졌지만, 몸의 병이 아주 깊어졌다네."

파란은 가슴이 찢어지는 듯했다. 언젠가 맞부딪칠 일이었다. 결국, 진실과 외면하고 싶었을 뿐. '우연이란 없다. 모든 것이 신의 계시다.'

"그랬군요. 제 아버지도 육사 나오셔서 한때는, 야망이 큰 군인이 셨어요. 결국, 권력투쟁에 염증을 느끼고 시골로 어머니를 찾아 내려오셔서 초야에 묻혀 살고 계세요. 사장님은 혹시 시골생활은 어떠세요? 경아한테 정서적으로 도움이 클 텐데요."

"우리도 생각을 해봤는데 병원 치료를 계속 받아야 해서 며칠씩 경아가 안 나올 때는 치료를 받고 집에서 며칠 쉬고 가게에 나오는 것이야. 경아가 파란이에게는 비밀로 해달라고 해서 말 못했어. 때가 되면 자기가 직접 이야기한다고. 그리고 이건 정말 조심스러운데 예전에 한번은 수면제를 먹은 적도 있었어. 병원에서 잠을 못 잔다고 수면제를 타서 안 먹고 모은 거야. 우리는 경아가 밤을 새워 공부하는 것이 건강을 해칠까봐 걱정을 했는데. 나중에 안 사실이지만 수면제를 모아두고 밤에 공부를 하면서 꼬박 새운 거야. 다행히 소량이어서 위험하지 않았지만 우리는 모두 너무 놀랐어. 내가 파란이에게 왜 이런 이야기 하는지 이해하지."

"네. 충분히 이해합니다. 앞으로 신경을 더 많이 쓰겠습니다."

"그래. 고마워. 우리 경아가 파란이에게 많이 의존해서 부담스럽지 않지?"

"그럼요. 부담스럽지 않아요. 기쁨이죠."

"그리고 예전에 우리 카페에 같이 다니던 친구 있었지. 경아가 그 친구한테 많이 미안해하고 있어. 괜히 자기 때문에 둘 사이에 무슨 문제가 있지 않나 하고."

"진홍이요. 그 친구는 좋은 친구예요. 그리고 의대라 많이 바빠요."

"이런 말. 잔인할지 모르지만. 오늘 내가 꼭 하고 싶은 이야기는 마음이 아프지만, 우리 모두 경아와 헤어지는 연습을 해야 할 것 같아."

"경아가 죽는다고요? 언제요? 왜요?"

"이제 곧. 애석하게도 길어야 6개월이라네."

파란은 그 말이 가져다준 충격에서 잠깐 정신을 차리지 못했다. 여름방학을 해서 진홍은 시골에 잠깐 다녀온다고 내려갔다. 파란은 여름방학 내내 이 카페에서 아르바이트할 생각이다. 정확히 말하면 경아 옆에 계속 붙어 있을 것이다. 방학한 지 일주일이 지날 때 어머니한테 전화가 왔다.

"아버지가 파란이 걱정한다고 전화하지 말라고 하셨는데 그래도 며칠만이라도 다녀갔으면 해서."

"아버지한테 무슨 일 있어요?"

"심하지는 않은데 산에서 내려오시다 헛디뎌서 다리에 금이 갔어. 며칠 전에 의정부 병원에서 깁스하고 오셨다."

"예, 알았어요. 가게에 이야기하고 내일 내려갈게요."

"그래. 크게 걱정할 정도는 아냐. 아버지 박카스 1박스만 사와."

오늘은 마침 경아가 나왔다. 분홍색 민소매 원피스를 입고. 금방이라도 휘파람을 불며 요들송을 부를 것처럼 상큼하다.

"아가씨 저하고 데이트 한번 할까요?"

"뭐, 풀코스라면 생각 좀 해보죠."

"나 경아 너도 못 보고 시골 갈 뻔했잖아."

"왜, 시골 가려고?"

"아버지가 다리를 다쳐서 깁스했대."

"많이 다치신 거야? 그러면 빨리 가야지. 나도 데려가."

"아냐. 심하지는 않다니까 내일 갔다. 1주일만 있다 올게. 나중에 같이 가자."

"알았어. 상태보고 더 있어야 하면 전화해."

경아도 같이 갈까? 생각하다가. 파란이 집이 너무 오지라서, 혹시 급하게 병원 갈 일이 생기면 어떡하나 하는 마음에 조심스럽다.

"대신에 나 오늘 나이트클럽 가고 싶어. 구경 좀 시켜줘."

"부모님 허락부터 받고 와. 그러면 기꺼이 모시고 가죠."

경아 부모님은 걱정스러운 듯이 파란이하고 경아를 번갈아 보며 어찌할 바를 몰라 한다. '퇴원한 지 며칠 안 되었는데' 하는 눈치다.

"파란이 있으니 걱정은 안 하는데. 그런 곳은 공기가 너무 탁해서 괜찮을까? 그냥 구경만 하고 바로 나와야 해."

"춤은 한번 추고 나와야지."

경아와 부모님은 합의점을 찾은 것 같다.

"파란이 너는 나이트클럽 가봤어?"

"나도 처음이야."

경아와 파란이 나이트클럽에 막 들어섰다. 음악은 신났는데, 어두컴컴하니 공기도 탁하다. 경아를 오래 둘 곳은 아닌 듯싶다. 그래도 경아 소원이니 자리를 잡고 앉았다.

"여기 어떻게 시키면 돼요?"

"두 분이세요? 처음이세요? 그러면 일단 기본만 시키세요."

"파란아 우리 춤추자."

경아는 파란이하고 무대로 나가 신나서 껑충껑충 뛰었다. 잠시후 잔잔한 음악이 흘러나왔다. 자연스럽게 경아와 파란이 둘은 서로 껴안고 한 몸이 됐다. 경아가 파란을 올려다본다. 파란이 경아의 마스크를 벗기고 촉촉한 경아의 입술을 자신의 입술에 깊게 빨아들였다. 경아는 파란이 품으로 바짝 안겼다.

"이제 나가자. 어디 조용한 곳으로 가자."

경아가 신경 쓰여서 파란은 이곳을 빨리 나가고 싶다.

"구경 충분히 했지? 춤도 추고."

"처음이야. 화사한 봄날도, 향기로운 꽃들도, 파란이 입술도. 처음이야. 크리스마스이브, 눈, 남산에서 보는 서울 야경, 처음이야. 나 하나만 더 처음인 것을 하고 싶어. 남산 쪽에서 큰 호텔을 봤는데 나 처음인 것을 그곳에서 하고 싶어. 돈은 나한테 있어."

퇴계로 언덕 A 호텔. 유진 선생님이 결혼한 그곳이다.

경아는 갈망하는 수심에 가득 찬 눈으로 파란이 눈을 응시했다. 파란은 경아의 눈을 보며 깊이를 잴 수 없을 만큼의 슬픔을 보았다.

"경아야 괜찮을까?"

"파란아. 너와 사랑을 나누고, 둘이 목욕을 하며 깨끗이 씻어주고, 깨끗하게 풀 먹인 하얀 광목천을 깔고 누워 같은 꿈을 꾸고 싶어. 나붓나붓 날아서 파란이 가슴에 내려앉아 핑크 빛 문신이 될 수만 있다면. 왔다가 가뭇없이 떠나가 버려도, 홀로라도 나는 외롭지 않아."

경아는 샤워를 하고 나왔다. 속치마를 입은 경아의 몸은 고혹적인 곡선이 뚜렷하게 드러나 있다. 가발은 손에 들려있다.

파란은 까끌까끌한 경아의 머리를 어루만지면서 경아와 눈을 마주쳤다. 경아의 눈은 슬픔을 겪고 있는데도 포근하다. 여전히 티 없이 맑은 옹달샘의 물방울 같다. 경아의 그런 눈빛이 파란의 마음을 더 갈기갈기 찢어 놓는다. 경아는 파란을 강렬한 눈빛으로 쳐다보았다.

경아와 파란은 그 처음인 것을 정성스럽게, 아주 정성스럽게 의식을 치루듯이 이루어 냈다. 마침내 연리지가 되었다.

대지를 흔드는 바람 소리에 별똥별과 함께 떨어져-

-초설에 수놓은 버찌의 기쁜 추락. 행복한 낙과이다.

지나온 내 삶이. 나 자신조차 속았던, 주는 척하는 사랑을 했었다면 나는 오늘 새롭게 태어났다. 초설에 수놓은 버찌의 기쁜 추락과 함께.

부모님은 그런 나를 좋아해하셨기에, 권태와 무기력함 속에서도 어쩔 수 없는 주어진 길을 걸어왔었다. 이제 경아 앞에는 선택할 길이 놓여있다. 경아 생전 처음으로.

초설을 포근하게 내리는 함박눈으로 만들 것이냐? 권태롭고 무기력한 쌀랑쌀랑 내리는 싸락눈으로 만들 것이냐? 내리면, 내리는 대로 쌓이고. 휑한 나뭇가지에 눈꽃을 피우며, 내 마음도 포근히 감싸주는 함박눈으로 파란이 너를 맞을 것이다.

'사랑하고 싶다. 지난봄의 향기를 사랑하고 싶다. 여름날의 소나

기를 사랑하고 싶다. 예쁜 단풍잎을 사랑하고 싶다. 유난히 많이 내린 눈꽃 송이를.'

생의 끝가지에서 간절히 바라는 내일을 사랑하고 싶다. 사랑하고 싶다. 페퍼민트 같은 파란이 너를.

"파란아 웬 점이 이리도 많아?"

"잘 들여다봐, 봄·여름·가을·겨울의 길잡이들이 그 속에 다 들어있고. 북쪽 하늘 길잡이별 큰곰자리의 북두칠성도 있어. 혹시 길을 잃으면 북두칠성을 길잡이 삼아서 찾아와. 지난밤에 별이 하나 더 늘어났겠는걸."

"파란아 나중에 아주 나중에 내 별은 네 가슴에 새겨줘."

'경아가 나를 잘 찾아오게 하려면 항상 벗고 있어야겠는데. 길잡이별을 보고 계절마다 잊지 말고 찾아와줘.'

파란이 마음은 계속해서 한 곳에 머물러 있다. 경아의 "앞으로? 앞으로?" 그래 앞으로 쭉.

경아가 침대에 누워 도발적이고 관능적인 자세를 취한다.

"파란아 눈으로 내 모습을 발끝에서 머리끝까지 찍어줘. 원 샷으로 찍지 말고 조각조각 나눠서 찍어. 나중에 내가 보고 싶으면 조각조각 퍼즐을 맞춰가며 기억해줘. 원 샷으로 찍으면 빨리 떠오르고 빨리 지워지잖아. 천천히 퍼즐을 맞춰가며 진한 보색잔상으로 천천히 오래도록 기억해줘. 내 몸은 하얀색보다 핑크색으로 기억해주면 좋겠다."

'이미 지난밤에 몇 번에 걸쳐 다 찍어 놨어.'

사랑을 나눈 파란은 잠들어 있는 경아의 발끝에서 머리끝까지

찬찬히 눈도장을 찍는다. 멀리 제 기억 속에 저장시켜 진한 보색잔
상으로 남겨놓고, 언제든지 보고 싶어지면 추억의 방에서 한 조각
한 조각 꺼내어 퍼즐을 맞춰가며 기억하리라 다짐한다.

"자기, 여보, 별이 아빠. 내가 파란이 너한테 불러보고 싶었던 호
칭들이야. 이제는 단지 '안녕'만이 남아있네."

"그런 말이 어디 있어. 영감, 할멈도 남아있는데. 우리 자기 헤헤."

까맣게 찍힌 대화의 마침표는 슬픔이 농축된 눈물방울이다.

"파란아 오늘 꼭 가야해?"

"가서 아버지 상태보고 일찍 올 수 있으면, 며칠 내로 올게."

경아가 애원하듯 말한다. 빨간 토끼 눈을 하고서.

"나 혼자 내버려 두고 가지 마. 제발."

"그래. 알았어. 며칠만 다녀올게."

경아는 깊이를 잴 수 없을 만큼 수심에 가득 찬 눈으로 갈망하
듯 파란을 바라보았다. 시골집 앞마당에 있는 우물물처럼 아주 깊
게. 경아는 파란이 눈치만 살피면서 눈물을 훔치고 있다. 마음이
약해진다.

"앞으로 계속 내 옆에 있는 다면서?"

주사 맞기 무서워 엄마 손을 꼭 잡은 어린아이처럼 파란이 손을
움켜잡았다. 손이 부들부들 떨리기까지 한다.

경아는 세상이 무너질 듯 슬픈 표정으로 파란이 품에 안겼다.

"그럼. 한 가지만 약속해줘. 내려가서 올라올 때 기타 가져와. 나
파란이 노래와 연주를 매일 듣고 싶어. 해줄 수 있지?"

"그거라면 지금 당장 낙원상가에서 기타 사다가 얼마든지 연주

해줄 수 있어."

"그건 싫어. 영혼이 없잖아. 시골에 있는 기타는 시골풍경과 파
란이 영혼이 고스란히 담겨 있잖아. 그 기타 소리를 들으면 시골풍
경이 내 마음에 잔상과 울림을 줄 것만 같아."

파란은 경아와 택시를 타고 남산에 올라 남산식물원에 갔다. 갖가
지 꽃과 식물들을 보고 천진난만하게 웃는 경아를 보니 경아 건강
만 허락된다면 시골집으로 같이 가면 좋을 걸 하는 아쉬움이 크다.

"우리 집 전화번호야. 무슨 일 있으면 전화해. 꼭."

혹시나 하는 마음에 사장님께도 우리 집 전화번호를 남겼다.

"무슨 일 없겠죠?"

"괜찮을 거야."

"이번에 시골 다녀와서 경아 방에서 경아와 함께 지내도 될까요?"

경아는 오늘도 밤을 새우며 수면제를 모으고 있다. 예전에 했던, 나쁜 생각으로 모으는 것이 아니다. 자신의 의지를 실험하면서 밤을 새운다.

이미 삶이 정해져 있어, 남은 시간이 많이 없음을 알고 있다. 그 소중한 시간을 잠으로 허비하고 싶지 않다. 맑게 깨어 있으면서 밤의 고요함을 느끼고, 밤의 침묵을 즐기면서 파란이하고 이별하는 연습을 하는 중이다. 경아는 파란에 줄 네잎 클로버 편지를 쓰고 있다.

'그대여, 그대 마음 나에게 열어주오. 내 그대에게 바치려 네잎 클로버를 찾아서 온 들판을 찾아 헤맸으나 보이지 않는 것은 그대 가슴속에 내 모습을 지워버린 까닭이오. 그대여, 내가 지쳐 쓰러질 때까지 네잎 클로버를 찾아서 온 들판을 다 헤매겠어요. 찾다 못 찾으면 그대가 나를 잊었다는 생각으로 쓰러질 것이오. 그대여, 한적한 산골짜기에서 흘러내리는 샘물 소리와 같은 그대의 부름을 꿈속에서 듣고 다시 일어 설 것이오. 그대여, 행여 하나 발견하면 그대가 내 그림자 속에서 안락한 꿈을 꾸고 있음이에요. 내가 기꺼이 달려가 그대에게 행운을 안겨드릴 것이오. 그대여, 당신 마음의 문지기가 되어 기다리세요.'

벌써 지우기를 몇 번째, 편지지를 바꾼 것이 몇 번째인가. 경아는 쓰고 지우고 쓰고 편지지를 바꾸기를 되풀이한다. 파란은 꿈속에서 공작의 눈을 보고 있다.

'그대여, 그대 마음은 나에게 열어 주오. 내 그대에게 바치려 네잎 클로버를 찾아서온 들판을 찾아 헤맸으나 보이지 않는 것은 그대 가슴속에 내 모습을 지워버린 까닭이오.

그대여, 내가 지쳐 쓰러질 때까지 네잎 클로버를 찾아서 온 들판을다 헤매겠어요. 찾다 못 찾으면 그대가 나를 잊었다는 생각으로 쓰러질 것이오.

그대여, 한적한 산골짜기에서흘러내리는 샘물 소리와 같은그대의 부름을 꿈속에서 듣고다시 일어설 것이오.

그대여, 행여 하나 발견하면 그대가 내 그림자 속에서안락한 꿈을 꾸고 있음이에요. 내가 기꺼이 달려가 그대에게 행운을 안겨드릴 것이오.

그대여, 당신 마음의 문지기가 되어 기다리세요.'

FROM: K A

파란은 전철을 타고 제기동서 내려 마장동에서 직행 버스를 타고 시골 마을 시내에서 내렸다. 집에 들어가기 전에 진홍이에게 전화를 걸었다.

  "어머니 안녕하세요. 파란이에요. 건강하시죠? 진홍이 있어요?"

  "파란이 요즘 바쁘니. 얼굴 잊어버리겠다."

  "죄송해요. 찾아뵐게요."

  "진홍인 리포트 작성해야 하는데 중요한 책을 기숙사에 두고 와서, 그 책을 가지러 새벽에 첫차로 서울 올라갔어. 오늘 내려올 거야."

  "네. 아버님도 건강하시죠?"

  "그럼. 집에는 별일 없고?"

  "아버지가 다리를 다쳐서 깁스했는데요."

  "어이구. 많이 다치신 거야?"

  "아니에요. 발목을 조금 다쳐서요."

  "쾌차하시라 전해. 진홍이 혹시 전화 오면 전해줄게."

  파란은 약국에 들러 박카스 2박스하고, 정육점 들러 소고기 국거리로 1근 사서 집으로 갔다.

  아버지는 발목을 조금 삐끗했는데 걷는데 조금 불편할 정도였다. 시내에서 침 맞고 바르는 연고를 사 오셨다. 걱정을 많이 했는데 그만하길 다행이었다.

"이 사람아 바쁜 애 놀래라고 그런 거짓말을 해."

"그래서 얼굴 한번 보는 거죠. 언제 봐요."

"아버지 어머니 어디 다른 데 아픈 곳은 없어요? 자주 찾아뵙지 못해 죄송해요. 진홍이 어머니께서 아버지 쾌차하시라 전해 달라 하셨어요."

"나이 먹으면 다 그렇지. 뭐든 그냥 받아들이면 돼. 그럼 편한 거야."

역시. 산신령님다운 말씀이다.

"진홍인 잘 있니?"

"저도 못 봤어요. 버스에서 내려 시내에서 그냥 전화만 해 봤어요. 서울 갔대요."

"너는 잘 먹고 있는 거야? 방학이 뭐냐? 쉬라는 게 방학이지. 푹 쉬다가 올라가."

"아녜요. 아버지 이만하시니 내일 올라갈까 해요."

"할아버지, 할머니는 건강하시지. 아직도 손수 끓여 드시니?"

"네. 가정부 아주머니는 청소나 다른 일 하고. 반찬이나 식사준비는 할머니께서 손수 다 하세요."

"할아버지, 할머니 말씀 잘 듣고, 건강 잘 눈여겨보고."

"네. 알았어요."

이때, 진홍이에게 전화가 왔다.

"진홍이야. 지금 집에 왔다고?"

"아버님 다치셨다면서? 어쩌서?"

"발목을 조금. 걱정해줘 고맙다."

"내가 자전거 타고 지금 집으로 갈까?"

"아니야. 그러기에는 너무 늦었어. 내일 날 밝을 때 와. 내가 시내로 나갈게." 파란은 어머니께 눈길을 주며 말했다.

"진홍이가 지금 서울서 내려왔대요. 온다는 것을 늦어서 내일 오라 했어요. 저 좀 나갔다 올게요."

"진홍이 만날 거야?"

"네."

"그러면 이거 진홍이 어머니 갖다드려. 아카시아 꿀인데, 시원하게 타서 드시라고 해."

"네. 꼭 그렇게 전할게요."

진홍이 집에 들러 부모님께 인사드리고 아카시아 꿀을 전해드렸다.

"잘 먹겠다고 전해드려. 아버지 다리는 어떠셔?"

"예. 조금 삐끗하셨는데. 어머니께서 제가 보고 싶다고 겸사겸사 부르셨나 봐요."

"파란아 가자." 진홍이 앞서 나갔다.

"안녕히 계세요. 건강하세요."

진홍이하고 파란이 모처럼 시내를 걸어서 제과점으로 갔다.

"여기 빵이 도넛 카페보다 더 맛있어."

파란이는 서울 물을 한 학년 넘게 먹었는데도 여전히 촌사람 같은데, 진홍인 그사이 세련된 도시의 여자가 되었다. 얼굴도 서울사람들처럼 하얗다. 시간이 없어 거울도 못 본다더니.

"여기 빵이 더 맛있지? 파란이 스킨 냄새가 바뀌었네?"

"너 자꾸 놀릴 거야. 진홍이 그사이 아주 세련됐는데. 학교생활은 어때? 항상 궁금했어."

"그러셨어? 농담이고. 나는 아직도 주사기가 무서워."

"주사. 서로 상대방에게 팔을 내어주고 주사 연습하는 거라며? '아파본 사람만이 큰 가슴을 가질 수 있는, 백 마디의 말보다 말 없는 행위' 거룩하잖아."

"더 늦기 전에 산정호수 올라가서 막걸리 마시면서 이야기하자."

파란이 마음은 급하다. "앞으로?" 경아의 말이 귓전에 맴돈다. 오늘 모든 일정을 끝내고, 내일이라도 경아 곁으로 달려가고 싶다, 진홍인 언제든지 볼 수 있지만. 경아는 이미 삶이 정해져 있지 않나?

"그냥 가면 재미없고, 수수께끼 낼게. 맞히면 내가 술사고, 못 맞히면 파란이 네가 술사는 거야. 어때?"

"좋아. 어디 한번 문제를 내봐."

진홍이 수수께끼를 내기 시작했다.

한

자

한

자

또박또박하게 천천히.

"교도소에 10명의 죄수가 있는데, 이 중 1명의 죄수가 급한 일이 있어서 잠시 탈옥을 했어. 시간 맞춰 돌아온다는 약속을 하고. 그런데 예정시간보다 일찍 교도관이 온 거야. 이 난국을 해결해봐."

파란이 눈을 지그시 감는다.

"자 간단하게 해결하겠어. 진홍이 네가 술사야 할 것 같은데."

10. 9. 8. 7. (6.) + 1. 2. 3. (4.) = 10명

산정호수에서 도토리묵과 파전에 막걸리를 마시는데. 파란은 '앞으로? 앞으로?' 목에서 턱턱 걸린다.

"파란이 너는 내가 여자로 안 보여?"

막걸리 몇 잔이 들어가자 진홍이 따지듯이 물어온다. 이것이 술이 가지고 있는 매력 아니겠나.

"그 친구. 경아는 정말 관능적이고, 여자로서 매력이 있어. 어쩌면 경아에게 내가 마지막 사랑일 수 있어."

"그러셔. 아주 심오하게."

'그래, 진홍아. 너는 아주 어릴 적부터 틀림없는 내 첫사랑이야. 아주 소중한. 그러니 제발 여자로 내게 다가오지 말아줘. 나 지금 아픈 사랑을 하고 있어. 진홍이 너는 어떤 이성이 아닌, 그냥 보기만 해도 좋은 내 뜨거운 눈빛 하나에도 녹아서 사라질 것만 같은, 손길이 닿으면 녹아서 사라질 것만 같은 소중한 하얀 눈사람이야. 감히 내가 넘볼 수 없는 눈이 부서 눈멀듯 하얀 눈사람.'

"지금 그 모습 그대로. 하얀 눈사람으로 내 앞에 있어줘."

"파란이 이거 아주 욕심쟁이네. 무슨 그런 이기적인 생각을 하냐."

파란이 마음에 은비늘을 세우며 비가 온다.

"분명한 것은, 진홍이 네가 경아보다 매우 예쁘다는 거야."

그래, 그거야. 얼마나 많은 날을 이 순간을, 이 말을 기다리고 상상했던가.

진홍은 파란이 옆으로 자리를 옮긴다. 얼마나 많은 날을 이 상황을 그려 보았는가.

'왜, 내 옆에 앉아? 자리가 많은데. 왜 그래. 나한테 왜 그러는데?

이러지 마 제발! 나를 그냥 내버려 둬.'

파란은 마음이 흔들려 나지막이 읊었다.

"언제 올라갈 거야?"

"내일 가려고."

"내일? 내일은 안 돼. 파란이 집에 인사드리고, 어머니에게 예쁘게 봉숭아 물들여 달라 하고, 어머니께서 차려주는 밥 먹고 싶은데. 그리고 산정호수 다시 올라와서, 오늘 깜깜해서 못 탄 나무배도 한번 타야지."

파란이 수심이 가득한 눈으로 노를 젓고, 진홍은 그런 파란의 눈을 뚫어지라 쳐다본다. 진홍이 손가락에는 봉숭아 물 들으라고 비닐로 감고, 실로 꽁꽁 매여 있다. 파란이 어머니께서 정성 들여 해주었다. 보트가 지날 때마다 나무배가 좌우로 흔들거려 진홍의 감정이 뒤섞인다. 파란이 역시 갈등이다.

파란은 작년 가을, 토요일에 잠깐 시간이 나서 시골에 내려왔다가 데이트하는 진홍을 보았다. 그 둘은 팔을 끼고 다정하게 걷고 있었다. 비가 내리고, 어둠도 내려앉아 그 남자의 얼굴은 자세히 보지는 못했지만 진홍이 짝이 생겼다니 다행이다.

"풍년 가락 찬 이슬에 기다린 임이 오셨는가? 소낙비가 데려갔나? 임의 얼굴이 가려져 애석하나. 소낙비도 가려지니 그만이로다. 보름달. 달 그늘에 피어나는 임의 향연. 정막의 고요함을 깨우는 그 노래여. 임 간 곳 찾으려고 '귀뜨르' 새 임 맞아 꽃피우려 '귀뜨르' 하얀 눈꽃 송이 차례를 기다린다."

보트가 또 지나간다. 진홍이 감정이 또 뒤섞인다.

'서로 각자의 사랑을 찾아 떠난 후 한참 만에 마주한 우리는 언제나 편한 친구일까? 너도 나와 같다면. 너도 나와 생각이 같다면. 하얗게 눈부신 그대. 사랑한다, 사랑한다, 파란이 너를 사랑한다. 다 말해버리면 내 마음이 홀가분할까? 내 삶이 붉은 노을로 질 때. 그때는 너무 늦은 걸까? 문제는 하얀색 바람이든, 파란색 바람이든, 보라색 바람이든지 올 때는 그 색이 다양하지만 일단 파란에게 거쳐 지나가는 바람의 색은 모두 분홍색인 것이 문제다.'

진홍이 생각한다. 파란이 어제부터 안절부절못한다. 무슨 이유인지는 몰라도 빨리 서울로 올라가려는 것을 어제부터 느끼고 있었다.

멀리 하늘 위에 송골매가 빙빙 돌고 있다. 송골매의 눈에 '누군가'가 보인다. 진홍은 멀어져 가는 경아의 뒷모습을 애처로운 눈으로 바라본다. 애증의 마음으로. 사실 진홍은 경아를 그다지 좋아하지 않았다.

"파란아. 나 리포트 급하게 작성할 게 많이 있어. 모처럼 만났는데 어쩌지? 경아는 잘 있지?"

경아는 초조하게 시계를 들여다보았다. 파란에게 연락이 없자 불안감이 엄습했고 가슴이 두근거렸다. 경아 부모님은 일찍 카페에 나가셨다. 경아는 몸이 안 좋아 집에서 쉬겠다하고, 무모한 모험을 하려고 한다. 경아는 택시를 타고, 마장동으로 가서 파란이 사는 시골로 가는 직행버스를 탔다. 경아는 파란이 사는 시골에 내려 파란에 전화를 했다.

"파란아. 나 지금 네가 사는 시골에 내려왔어."

"힘들 게 어떻게 왔어. 잠깐만 기다리고 있어."

파란이 잠시 후, 버스에서 내려 경아를 맞으러 왔다.

"경아야. 어떻게 왔어. 부모님께 말씀은 드렸어?"

"파란이 네가 보고 싶어서 왔지. 나. 파란이 자랑하던 독수리 바위하고 동굴도 보고 싶어. 그리고 파란이 집도, 부모님도 보고 싶어."

파란이 경아하고 집으로 향했다. 파란은 경아가 힘들어 할까 봐 조심스러워 택시를 타고 집으로 갔다. 경아는 파란이 부모님께 드린다고 정육점에서 소고기 두 근을 샀다. 파란이 부모님은 말로 듣던 것보다 더 신비로웠다.

"우리 아버지는 산신령이시고, 어머니는 선녀 같으셔."

파란이 늘 이야기했었다.

어머니께서 아카시아 꿀물에 미숫가루를 타서 주어 잘 마셨다.

파란은 경아가 힘들어할까 걱정스러워 등에 업고서 독수리 바위까지 올랐다. 동굴로 갈 때도 업고 갔다. 여름날의 산속은 매미 울음소리만이 침묵을 깰 뿐 고요하다. 실록의 푸름이 마음에 충만함을 준다. 산에서 내려오니 어머니께서 하얀 밥을 검은 가마솥에서 퍼 여러 가지 나물에 비빈 비빔밥과 더불어 나박김치와 동치미 국물을 주셔서 천상의 만찬을 즐겼다. 김이 모락모락 나고 윤기가 자르르 흐르는 흰 쌀밥에 손으로 조물조물해서 묻힌 나물들을 넣고, 여기에 고소한 참기름과 고추장을 조금 넣은 뒤 잘 비벼서 맛있게 먹고 있는데, 직행 버스가 정차하고 경아는 꿈속에서 깨어 버스에서 내렸다. 버스정류장에서 공중전화를 찾아봤으나 눈에 보이지 않는다. 경아는 눈앞에 보이는 다방으로 들어가 그곳의 공중전화를 쓰기 위해 마시지도 않을 커피를 시킨다.

"안녕하세요. 저는 경아라는 친구인데요. 파란이 집에 있나요?"

"그 카페에 있는 서울 친구군요."

"네. 안녕하세요? 파란이에게 이야기 많이 들었어요."

"파란이 지금 친구 만나러 산정호수 올라갔어요."

"잘 알겠습니다. 한번 놀러 가도 될까요?"

"언제든지요. 부담 갖지 말고 놀러 와요."

"파란이 곧 들어 올까요?"

"글쎄요. 어쩌죠. 뭐라고 전해줄까요?"

"그냥 궁금해서 전화해 봤어요. 안녕히 계세요."

경아는 마음이 급해서, 시내에서 산정호수로 가는 버스를 기다리기를 포기했다. 택시를 타고 산정호수에 올라왔다. 무작정 산정호수에 왔지만, 이 넓은 곳에서 파란을 어떻게 찾나.

찬찬히 돌아보며 이곳저곳 식당들을 기웃거리며 호숫가 보트장으로 왔다. 호숫가에는 방학이라 많은 사람이 모여 있다. 호수 가운데는 보트가 지그재그로 묘기를 부리며 달리고, 호수 가에는 나무배를 타고, 노를 젓는 사람들이 보였다.

호수를 끼고 있는 산길을 걷는데, 파란이 그곳에서 나무배를 타고 노를 젓고 있다. 진홍이란 친구하고. 경아는 순간, 멈칫하고 서서 움직일 수가 없었다. 한참만에야 정신을 차리고 뒤돌아서야 했다. 경아는 마치 버려진 눈사람처럼 한동안 넋을 잃고 서 있다 노가를 부르며 걸음을 재촉했다.

'어두운 강나루에 색동저고리를 입고 꽃신을 신은 여인이 강을 건너 달라고 부탁을 했습니다. 뱃사공은 밤하늘의 북두칠성을 보며 어두운 강을 노가를 부르며 노를 저어 나아갔습니다. 강 건너 나루에 도착한 뱃사공이 받은 뱃삯은 기억 저편에 남아 있는 봄여름가을겨울이었습니다."

둘의 다정한 모습에 샘이 난 것보다는 '내게 돌아올까?', '기억 저편에 남아 있는 나를 찾아올까?' 하는 두려움이 컸다. 경아는 서울로 오는 버스 안에서 속이 매스껍고, 식은땀이 흐르고, 자꾸 헛구역질이 난다. 경아 어머니는 혹시나 하는 마음에 집으로 왔다. 경아가 집에 없고, 여행용 가방도 없다. 카페로 경아 아버지한테 전화를 걸었다.

"경아가 여행용 가방을 싸서, 어디를 갔는지 집에 없어요."

"일단 집에서 기다려 봐요."

경아 아버지는 파란이 집 전화번호를 꺼내 전화를 하려다 수화기를 내려놓는다. 경아가 거의 탈진한 상태로 여행용 가방을 들고 카페로 들어왔기 때문이다. 경아는 온몸이 식은땀으로 젖었고, 계속 헛구역질을 한다. 물을 한 컵 따라주자 한숨에 다 비우고, 또 한 잔을 다 비우고 겨우 진정이 되는 것 같았다.

"경아야. 이 몸으로 어디를 갔었어?"

"아빠. 나. 파란이 보고 싶어서 시골 가려 했었는데, 마장동에서 몸이 좋지 않아 그냥 왔어."

"그래. 잘했다. 며칠만 있으면 파란이 올 텐데."

경아 어머니가 카페에 들어오다 경아를 보고 놀란다.

"몰골이 이게 뭐야. 아픈 몸으로 말도 없이 어디를 가."

"엄마, 엄마. 보고 싶어. 파란이가 보고 싶어."

"약은 먹었어?"

이내 경아가 실신을 했다. 급하게 병원 응급실로 실려 갔다.

"선생님. 우리 경아 상태가 어떤가요?"

"죄송하지만 마음의 준비를 하셔야 할 것 같습니다. 병실로 옮겨야 할 것 같습니다."

경아는 병원 1인실로 옮겨졌다.

경아 아버지는 파란이 집에 전화를 걸었다.

"안녕하세요. 저는 서울에 있는 도넛 카페의 경아 아버지입니다."

"네. 안녕하세요. 우리 아이가 신세를 많이 지고 있죠?"

"아닙니다. 파란 군은 집에 있나요?"

"아뇨. 잠깐 친구 만나러 나갔습니다."

"네. 긴 인사는 나중에 드리고, 파란 군이 들어오면 전화 왔었다고만 전해주세요. 안녕히 계세요."

파란이 서울 가려고 집에 들렀다. 집에 차도 없고, 아버지, 어머니께서도 안 계신다. 마침 비가 내린다. 파란은 파를 다듬어 도마 위에 또각또각 썰어서 넣고, 달랭이김치 꺼내 라면을 끓여 아삭아삭 씹어 먹는다. 똑똑똑! 비가 지붕을 때리는 소리. 똑똑똑! 경아가 파란이 마음을 때리는 소리. 파란은 연필을 꺼내 사각사각 깎아서 경아에게 줄 편지를 쓴다.

늦은 여름 향기에 프로포즈. 사람들은 들꽃이 예쁘다. 국화가 은은한 멋이 있다 말하지만 언제나 책상 위에는 장미꽃차지. 그 자리에서 그대로 낮은 자세로 항상 웃음을 잃지 않고 겸손해서 크기가 작은 들국화. 대견스럽다. 가냘픈 몸으로 온갖 어려움 다 겪는 코스모스. 사랑스럽다. 태양은 꽃을 피워라, 피워라. 바람은 씨앗을 날려라, 날려라. 들꽃은 세상의 모든 사람에게 가장 평화로운 마음으로 기쁨의 향기를 담아 미소를 띠워라, 띠워라. 늦깎이 삥시레한 햇살이 내 마음을 사로잡은 어느 날 오후. 거울을 깨끗이 닦아 그 햇살을 비추어 길을 만들고, 길 양쪽에는 들국화와 코스모스로 장식하고 늦은 여름 향기에(경아에게) 프러포즈를 합니다. 초대하지 않은 소낙비의 박수소리. 천둥, 번개의 자원봉사 보디가드. 나

의 생은 이 순간의 경이로움에 깊은 감사를 드립니다. [6]

시내에 나가셨던 부모님이 들어오셨다.

"밥을 먹지 웬 라면이냐?"

"비 올 때는 라면이 최고죠."

파란은 사진 한 장을 꺼내서 아버지께 보여준다.

"할머니께서 찍으셨는데 사진 한번 보세요."

사진 속에 할아버지는 빌딩을 올려다보며 웃음을 짓고 계시다. 파란은 빌딩 앞 화단에서 이미 다 피어 수염을 길게 늘어트린 할미꽃을 내려 보며 웃음을 짓고 있다.

"역시 내 아들답구나. 그 빌딩은 절대 욕심내지 말거라."

아버지께서는 또 군인다운 말투로 훈시하신다.

"마하트마 간디는 이런 말을 했어. '이 세상은 우리의 필요를 위해서는 풍요롭지만, 탐욕을 위해서는 궁핍한 곳이다.' 명심해라."

"파란이 서울서 전화 왔었어. 경아 아버지한테. 올라갈 때 아카시아 꿀 한 병 갔다 드려. 할아버지께 가져갈 나물하고 반찬도 싸 놓았다."

파란이 기타를 챙기고, 꿀과 짐을 챙겼다. 마음이 급하다.

"큰아버지는 자주 다녀가시니?"

"아주 가끔 이요. 몹시 바쁘신 것 같아요."

"아버지. 저 시내까지만 태워주세요. 어머니 올라가서 전화할게요."

"저놈의 자식. 며칠 쉬었다 가라니까. 아참, 경아라고 전화 왔었어."

---

6) 채성, "핑크, 블루", 북랩출판사, 2015, p. 169.

아버지는 시내까지 가는 동안 말씀하셨다.

"매 순간 모든 일에 최선을 다 해라. 나중에 네가 소홀했던 것이 잔상이 되어 네 발목을 잡고, 그림자처럼 따라다니는 일 없이 마음을 다해서 최선을 다해라. 무엇을 하든지 무슨 일을 하든지. 지금은 아버지가 그 말 밖에 해줄 수 없구나. 선택은 네가 하는 것이다. 여자 문제도."

파란은 애가 탄다. 상태가 어느 정도 일까? 점점 더 나빠지는 걸까? 경아야 희망이 있는 한 끝까지 버텨야 해.

경아가 가발을 벗은 채 분홍색 민소매 원피스를 곱게 차려입고 누워있었다. 창으로 쏟아져 들어오는 햇살이 분홍색 빛으로 병실 안을 몽환적으로 밝혀주었다.

이제 파란이 할 수 있는 일은 아무것도 없었다. 무력감이 들었다. 파란이 그토록 두려워했던 순간이 왔다. 초점 잃은 경아의 눈길이 파란의 마음을 갈기갈기 찢어놓았다. 경아가 창백한 시선으로 파란을 바라보며, 핏기 없는 목소리로 말했다.

"파란아, 왜 이제 왔어? 나 파란이 못 보고 가는 줄 알았어."

파란이 아카시아 꿀 한 수저 떠서 경아의 입에 넣어준다.

"내 입술보다 달콤하지? 세상을 산다는 것이 이처럼 달콤한 거야. 가긴 어디를 가."

'남은 날을 경아를 회상하며 살아야 하지만. 아카시아 꽃이 필 때면 경아가 보고 싶어 죽을 것 같을 거야.'

"파란아, 나 네가 너무 좋아 죽을 것 같아. 내가 죽는 걸 보면 파란이 내가 너를 얼마나 좋아하는지, '죽도록 사랑한다'는 말 진심이지?"

"경아 리액션이 최고인데. 평점 10점 만점에 10점이다."

"기타 가져왔어?"

"네가 말한 비바람과 눈과 꽃들의 향기를 맡으면서 밤하늘의 별들과 유성우들의 속삭임을 가슴에 담아두며 밤의 고독과 싸우고,

외로움도 견디어낸 내 영혼이 담긴 기타 가져왔어."

파란은 경아가 써준 네잎 클로버를 기타선율에 맞춰 즉흥적으로
노래를 불렀다. 경아에게 지상에서의 마지막이 될 노래를 불러준다.

'그대여 그대 마음은 나에게 열어 주오.내 그대에게 바치려 네 잎
클로버를 찾아서온 들판을 찾아 헤맸으나 보이지 않는 것은그대
가슴속에 내 모습을 지워버린 까닭이오.(…)그대여 당신 마음의 문
지기가 되어 기다리세요.'

'경아야. 네가 가는 그곳에도 클로버(clover)가 있다면. 제발 네잎 클
로버를 찾지 말아줘. 힘들게 쭈그리고 앉아 있으면 다리가 얼마나 저
리겠어. 이곳에서도 마음이 아프도록 저렸을 텐데. 그냥 웃으며 우리
의 이야기를 글로 써봐. 밤하늘의 별을 보고 내가 읽어 줄게.'
노래는 끊임이지 않고 계속되었다. 두려움을 떨쳐주고 싶었다.

Elvis Presley/ It's now or never

woo woo woo woo
It's now or never come hold me tight.
Kiss me daring. be mine tonight.
Tomorrow will be too late.
It's now or never my love won't wait.

우 우 우 우

지금 아니면 안 돼요 나를 꼭 안아주세요.

키스해줘요. 내 사랑 오늘 밤 내 사랑이 되어줘요.

내일이면 늦으리니.

지금 아니면 안 돼요 내 사랑은 기다려주지 않아요.

It's now or never my love won't wait.

지금 아니면 안 돼요, 내 사랑은 기다려주지 않아요.

파란은 갑자기 목이 메어오면서 서글픈 감정이 북받쳤다.

'지금 약해질 때가 아니잖아.'

그러나 슬픔의 크기가 더 압도적이어서 파란은 쏟아지는 눈물을 참을 수 없었다. 줄줄 흘러내리는 슬픔이 기타 위로 방울방울 떨어졌다. '팅팅'

"왜. 독약 묻은 사과를 먹었나?"

장난스러운 파란의 말이 현실이 되어 눈앞에 펼쳐졌다.

경아는 파란이 눈을 마주 보며 미래를 꿈꿀 수가 없음을 안타까워한다. 간절한 소망이 하나 있는데, 그것은 내 몸이 버티어 준다면 파란이 닮은 아기를 낳고 싶다.

"나 졸려 잠이 와. 내 옆에 누워 팔베개를 해줘."

파란이 경아 옆에 누워 팔베개를 해주었다.

"파란아 내 배를 만져봐. 여기 아랫배. 뭐가 발로 툭툭 차는 것 같지 않아?"

"우리가 사랑을 나눈 지 며칠이나 지났다고."

"그래도 모르잖아. 나 헛구역질도 했었어. 이곳에서 우리 2세가 잉태했을지도 모르지."

"그래, 그래. 경아 닮은 딸하고, 나 닮은 아니 경아 닮은 아들. 쌍둥이면 좋겠다."

"나 배가 남산만큼 나와도 예뻐해 줄 거야?"

"그걸 말이라고 해. 매일 매일 업고 다닐게."

업고 다닌다. 경아는 파란을 만나러 가는 버스 안에서 파란이 경아를 업고 독수리 바위하고, 동굴을 구경시켜주던 꿈 생각을 한다.

"남산만큼 나온 배를 하고서 어떻게 업혀?"

"그럼. 안아 줄게."

"무거워서 나 못 안아 올릴걸."

"깃털처럼 가벼운데 뭘."

경아가 파란이 귀에 속삭였다. "나, 두려워." 파란의 눈을 응시하는 경아의 절망적인 시선. 파란은 '지금 이 눈빛은 영원히 나를 괴롭힐 것이다'라고 생각한다. 파란은 경아를 두 팔로 감싸 안고 두려움의 시간을 같이 했다.

파란은 경아에게 프러포즈한다. 늦은 여름 향기에 프러포즈.

"사람들은 들꽃이 예쁘다. 국화가 은은한 멋이 있다. 말하지만, 언제나 책상 위에는 장미꽃차지. 그 자리에서 그대로 낮은 자세로 항상 웃음을 잃지 않고, 겸손해서 크기가 작은 들국화. 대견스럽다. 가냘픈 몸으로 온갖 어려움 다 겪는 코스모스. 사랑스럽다. 태양은 꽃을 피워라, 피워라. 바람은 씨앗을 날려라, 날려라. 들꽃은 세상의 모든 사람에게 가장 평화로운 마음으로 기쁨의 향기를 담아 미소를 띠워라, 띠워라. 늦깎이 삥시레한 햇살이 내 마음을 사로잡은 어느 날 오후. 거울을 깨끗이 닦아 그 햇살을 비추어 길을 만들고길 양쪽에는 들국화와 코스모스로 장식하고 늦은 여름 향기에 (경아에게) 프러포즈를 합니다. 초대하지 않은 소낙비의 박수소리 천둥, 번개의 자원봉사 보디가드.

나의 생은 이 순간의 경이로움에 감사를 드립니다."

'자다가. 파란이 품에서 잠들었으면, 영원히.'
'꿈꾸다. 파란이 품에서 꿈꾸었으면, 영원히.'
'파란이 품에 안겨 꿈꾸다 잠들었으면.'

경아하고 파란이 같이 눈을 감고, 서서히 잠이 들었다. 파란은 클로버 꽃을 엮어서 경아의 머리에 씌워주고, 팔목에 팔지도 만들어 주고, 손가락에 꽃반지를 만들어 끼워준다.

블랙아웃. 경아가 서 있는 땅이 점점 작아지더니, 손바닥만큼의 크기로 줄어들었다. 경아가 손바닥만큼의 땅 위에 아슬아슬하게 서 있다.

그 손바닥만큼의 땅이 한 귀퉁이에서 모래시계의 모래가 빠져나가듯이 조금씩, 조금씩 깎여 나간다. 경아가 설 곳이 점점 작아진다. 이제는 한 발로 서서 지탱한다. 이내 모두 깎이고 언제 끊어질지 모르는 가느다란 실 하나에 의지한 생명. 경아가 희망의 끈을 놓지 않고 파란의 눈을 응시했다.

"우리는 제법 괜찮은 연인이었어."

내민 파란이 손을 뿌리치고 경아는 어두운 동굴로 떨어진다. 나와 이룰 수 있었던 일들을 이루지 못하고. 한순간 파란은 어안이 벙벙해지고 말았다. 역시 헛된 기대였다.

파란은 눈을 감고 고개를 숙였다. 고개를 든 파란의 뺨 위로 눈물이 펑펑 흘러내리고 있었다. 파란은 무력감을 느꼈다.

경아는 기다린다. 페퍼민트 같은 파란을 기다린다. 사람은 온 적이 없는데, 테이블 위에 빨간 장미 백송이나 놓여 있다. 바람이 불어와 장미꽃이 날린다. 장미꽃이 만들어낸 길을 따라 걷고 있다. 이 길 끝에 페퍼민트 같은 우리 파란이 있겠지? 만나서 제일 먼저 무슨 말을 할까? "좋아해, 보고 싶었어." 아니, 아니. 달콤하게 "사랑한다."는 말을 먼저 할 거야.

화이트아웃. 어디가 길인지, 어디가 끝인지도 모를 길을 끝없이 계속 걸어간다. 오래 기다린 첫사랑과의 만남, 신비에 다가서는 설렘이 온다.

뚜-뚜-뚜-뚜-뚜우-

파란이 동굴로 떨어졌다….

파란은 놀라서 잠에서 깨어나고, 경아는 영원히 잠들었다. 진한 여운을 남기고 경아가 우리 곁을 떠나갔다. 경아가 또 다른 여행을 시작했다. 오늘밤. 하늘에 떠 있는 별은 마치 대추나무 가시에 찔린 노란 고름처럼 아프기만 하다.

포천 일동의 운악산 밑의 납골당.

경아 아버지, 어머니, 오빠가 흐느껴 울기 시작했다. 경아 어머니의 통곡은, 여름 한낮 일주일밖에 살지 못하는 매미의 한스러운 울음에 비유조차 할 수 없을 정도로 오열한다. 그 순간에도 파란은 마음속으로 슬픔을 여미고 주위를 돌아보며 몽상을 한다. 가슴이 저미도록 아파진다. 마치 이곳은 진홍이 시골집 풍경하고 매우 흡사하다. 자연이 기꺼이 내준 대지위에 길게 늘어선 가로수의 바람이 사그락사그락 옷깃을 스치고 나의 눈에서 촛농처럼 뜨거운 눈물이 왈칵왈칵 쏟아져 내린다. 내 라이터는 아까부터 '누군가'의 손에서 한없이, 한없이 딸각거린다. 불꽃은 하늘하늘 바람에 휘날리며 꺼질 듯이, 꺼질 듯이 간신히 숨을 부여잡고 검붉은 파도로 일렁인다. 그 불꽃은 영혼을 타오르게 한다.

나무아미타불. 관세음보살. 똑딱똑딱. 바람이 불어와 풍경소리로 내 마음을 깨운다.

'모든 살아 있는 것을 처음처럼 사랑하라.'

경아의 목소리에 파문으로 요동치던 파란이 마음은 화들짝 놀라며 이내 평온을 되찾았다. 검붉은 파도로 요동치던 파란의 영혼은 꽃바람 되어 하늘하늘 휘날리고, 타오르던 불꽃은 바람 한 줄기로 반짝이는 샛강에 띄워 보낸다.

메마른 대지 위에 잠깐 내린 가랑비로 올라오는 흙먼지의 냄새. 숨이 턱턱 막히지만, 부옇게 안개 낀 머릿속은 비가 온 후 깨끗하고 화창한 날씨만큼 선명하다. 자연이 눈을 열고 귀를 열고. 언덕배기 무시한 길로 안내하면 순열한 계곡물과 샘물들, 켜켜이 쌓인 그리움, 시골집 앞마당에 있는 우물만큼 깊은 외로움, 경아가 달콤한 목소리와 미소 젖는 얼굴로 손을 흔들고 있다. 낮달처럼 창백한 얼굴로.

파란은 유골 한 줌을 얻어서 깨끗한 천에 싸서 가방에 넣었었다. 파란이 해줄 수 있는 것은, 경아에게 보여주지 못했던 산속의 봄·여름·가을·겨울의 풍경과 꽃들과 소나기와 단풍과 백설기처럼 쌓이는 눈뿐이다. '경아는 안전한 동굴 속에 살면서 나와 함께 자유롭게 어디든지 다니는 거야.'

경아의 천도재가 열렸다. 죽은 혼령을 극락세계로 가게 하는 제사이다. 여자 승려(비구니)들이 하얀 고깔을 쓰고, 장삼을 입고, 승무로 혼을 달래는 제 의식이다. 짚으로 엮은 새끼줄을 길게 늘여 혼령을 배에 태워 보내준다.

경아가 듣고 싶어 했던 파란의 기타, 파란이 경아에게 프러포즈한 '늦은 여름 향기에 프러포즈'와 경아의 소지품을 같이 태워 보냈다. 파란은 그날 이후 다시는 기타를 치지 않았다.

"사장님. 경아가 어떻게 하루, 이틀 사이에 우리 곁을 떠났나요?"

"파란이 시골 가던 날. 이틀 지나서인가? 몸 상태가 갑자기 안 좋아 졌어. 이건 파란이 네 거야. 미리 준비하고 있었나 봐."

"코스모스 꽃잎에 앉은 잠자리처럼, 마음이 살랑살랑 흔들리고. 지켜보는 이 없는 공원 한구석에 홀로 춤을 추고 있는 분수처럼, 영혼이 외롭고. 적막한 곳. 산중 절의 종치기 전에 잠시 휴식을 취하는 나비의 낮잠처럼, 모든 것이 불투명했고. 나 자신이 위태롭다. 산등성이에 올라. 두 팔을 벌리고, 두 눈을 감고, 뒷발을 조금만 들어 올리면. 파란의 빈자리가 너무 커서, 한없이 가벼워진 나는. 붉은 저녁노을 속으로 핑크빛 바람을 타고 끝없이 날아오를 것만 같다. 나의 눈에서 잊었던 눈물이 와락와락 쏟아질 때. 한 땀. 한 땀. 추억의 조각들이 다 맞추어지는 날. 안녕."[7]

중증 환자라는 것.
삶이 정해져 있다는 것.
생의 끝가지에 서 있다는 것.
죽음의 신비에 다가서 있다는 것.
양파의 업을 까고, 까고. 마지막 중심에 다가선다는 것.

처음에는 두렵고, 무섭지만 시간이 조금 지나면 먼 옛날부터 손꼽아 기다리던 첫사랑과의 만남을 기다리는 듯 가슴 벅차고, 설렘이 가득 차오르는 것이다.
두려움, 떨림, 설렘.
처음이라는 것. 언제나 두근거림을 준다. 마치 파란이 미소처럼.
경아는 진작부터 떠날 준비를 한 것이다. 혼자서 얼마나 가슴이

7) 채성, "핑크, 블루", 북랩출판사, 2015, p. 177.

쓰렸을까?

"그날 저녁 온몸이 아팠다. 마음도 아팠다. 머리는 온통 고통으로 가득 찼다. 상실감에 사로잡혀 나는 죽어가고 있다. 경아와의 첫 만남. 핑크빛 바람 같았지. 차곡차곡 쌓인 기억들이 켜켜이 쌓인 낙엽처럼 내 머릿속에서 지우개로 아무리 지워도 더욱더 선명해지는 단풍나무의 붉은색 바람. '추억' 바람을 부여잡고 파문을 일으키는 나비의 날갯짓. 미학적 전형을 보여주고 가슴이 젖어드는 기분. 천 지사 방에 단풍이 불타고 있다. -가슴이 타는 것 같다- 감정이 성난 파도처럼 밀려들었다. 어깻죽지 사이에 얼얼한 통증이 퍼졌다. 구름 긴 잿빛 하늘 물 마른 수양버들처럼 생기 없는 시시분분초초를 보낸다. 경아의 가슴에 끊임없이 잠들어 버리면 -가슴이 텅 비는 것 같다- 숨어 있던 슬픔의 파도가 밀려들었고, 눈가가 촉촉이 젖어오면 흐느껴 울기 시작했다. 심장을 거머쥐고 입술이 파르르 떨리면 초목의 색채가 꾸덕꾸덕 말라간다."[8]

경아가 나를 만나지만 않았어도, 어두운 동굴 속에 혼자 외롭게 살았어도, 아마 목숨을 잃는 일은 없지 않았을까? 내가 겨울의 포근함과 봄날의 화사함과 향기만 알려주지 않았어도. 앞으로도 여름, 가을의 향기에 희망을 걸고 잘 견뎌냈을 텐데.

내가 그때 그곳에서 왜 그랬을까? 차라리 내가 어두운 동굴 속으로 들어가 혼자 외롭게 살아야겠다.

---

8) 채성, "핑크, 블루", 북랩출판사, 2015, p. 121.

도넛 카페는 문을 닫았다.

파란은 시골집으로 내려와 남은 여름방학 내내 동굴에서 경아하고 지냈다. 좀 더 적극적이지 못했던 자신을 자책하면서. 유골 한 줌 받아온 것을 동굴 구석구석에 뿌려주었다. 그곳에 계시는 산신령님께 무릎을 꿇고 빌어본다. 경아가 가는 그곳에서 부디 축복받고, 사랑받고, 평온하기를. 그를 기다리는 모든 이들에게 환영받기를.

파란은 무지개 색깔별로 스프레이를 사서, 동굴 벽에 예쁜 색으로 칠을 해주려 마음먹었다. '경아가 좋아하겠지.'

유골이 뿌려진 동굴은 무지개 색으로 예쁘게 색칠을 했다. 파란은 동굴에 앉아 경아의 마지막 말을 생각해 본다.

"사랑하는 사람을 잃는다는 것, 사랑하는 사람 곁을 떠나간다는 것. 그것만큼 힘든 일이 더 있을까? 나는 지금 가슴이 미어지고 심장을 타고 눈물이 흘러내리고 피가 솟는 것 같아. 파란은 이미 나의 세계에서 깊이 새긴 문신처럼 빼놓을 수 없는 존재였고, 나의 삶에 활력을 준 따뜻한 햇살 같은 존재였어. 내 건강이 허락된다면, 허락되어 준다면 파란이 하고 꼭 해보고 싶은 일들이 많이 있었지만 무엇 하나 이루지 못할 꿈이 될 것 같아. 제일 먼저 신비로운 산속에서 산신령님 같은 아버님과 천상의 선녀 같은 어머님을 보고 싶고, 김이 모락모락 피어나고 윤기가 자르르 흐르는 흰 쌀밥을 검은 솥에서 보슬보슬 퍼내어서 손으로 조물조물해서 묻힌 각종 나물을 넣고, 고소한 참기름과 고추장을 넣고, 잘 비벼서 나박김치와 동치미로 배를 채우고 싶어. 동굴에 계시다는 산신령님과 동굴 앞에서 바라보는 붉은 노을과도 인사 나누고 싶고, 동굴에서 장작불을 피워놓고 밤을 새워가며 이야기를 나누고 싶어. 우리의 이야기는 하룻밤으로는 부족할 것이야. 밤이면 날개를 펴고 날아다니는 독수리바위에서 가마니 한 장 깔고 누워 쏟아지는 별들을 보며 밤을 새워 이야기 나누고 싶어. 우리의 이야기는 하룻밤으로는 부족할 것이야. 새벽이 오면 주황색 밝음이 밝혀주는 곱은 빛도 보고 싶어. 손가락을 활짝 펴면 녹색 손바닥위에 이슬 먹은 빨간 산딸기를 예쁜 색을 띄운 뱀(花蛇)이 목을 곧추세우고 날렵한 혀로 감아 목으로 삼켜 넣는 것을 보고 싶어. 명성산의 억새꽃을 바라보며 다이아몬드처럼 반짝이는 별들의 속삭임을 듣고 싶고, 산정호수에서 나무배를 타고 노를 젓고 싶고, 겨울에는 꽁꽁 언 산정호수 얼음위에서 썰매를 타고 싶고, 눈 내리는 크리스마스이브에 남산에 눈을 맞으며 걸어서 올라가고 싶어. 무엇보다 제일 먼저 하고 싶은 것은 파란이 하고 나하고 우리 둘을 똑 닮은 아기를 낳고 싶어."

'꿀꺽'

"지금 나는 오늘이 내 인생 마지막 날인 것처럼 살고 있지만, 곧 마지막 그날이 다가올 거라는 것을 느낄 수 있어. 내 심장이 설렘과 두려움으로 떨려오고 있으니 이미 가까이 다가선 것이겠지. 파란이 네게 진작 말했다면 우리가 좀 더 유용한 시간을 보냈을 걸 하는 자책은 하지 마. 이미 나는 파란에게 넘치도록 받았어. 짧은 시간이었지. 아니 억 겹의 세월을 보자면 한 없이 긴 세월을 우리는 함께 했던 거야. 내가 아파 고통 받았던 만큼 파란이도 많이 고통스러웠을 거야. 파란이 미안해. 이제 내 몸이 불에 태워져 한 줌

재로 남는 순간 파란이도 나를 마음속에서 태워버려. 그저 한 줌 햇살로만 기억해주면 고맙겠어. 그렇다고 마냥 붙잡고 있지는 말아 줘. 어둠이 아침의 빛에 양보하고, 하루 일을 다 마친 해는 겸허하게 어둠에 자리를 양보하듯이 나를 잊는다는 것은 지극히 당연한 일이야. 다시 말하지만 한 줌 햇살로만 기억해줘. 파란이 나를 빨리 잊고 신비로운 몽상가로 돌아가 주길 바라. 또 네 곁에는 진홍이가 있잖아. 진홍이에게도 잘 지내라 전해줘. 파란아 잘 지내고 있어야 돼."

파란은 아직 경아가 죽었다는 사실을 받아들일 준비가 되어있질 않았다. 그러나 문득문득 공허감이 밀려와서 이제 더는 내 곁에 경아가 없다는 것을 실감했다. 가끔 까닭모를 고독감이 엄습해오곤 했다.

파란은 경아의 상태가 급격히 나빠졌다는 이 사실을 여전히 인정할 준비가 되지 않았다. 하지만 현실을 어떻게든 믿을 수밖에 없었다. 파란은 절로 한숨이 나왔다. 뺨을 타고 흘러내리는 눈물을 닦았다. 파란은 한기를 느낀다.

Memory

파란은 오늘도 한 여인의 그림자를 밟으며 걷고 있다. 그 여인은 예쁜 미니스커트를 입고 상큼하고 발랄한 걸음걸이로 걷고 있다. 뒤태가 정말 관능적이다. 발뒤축이 꼭 달걀 같다. 며느리가 미우면 '발뒤축이 달걀 같다'고 나무란다는데 파란이 눈에는 마냥 예쁘기만 하다.

그 여인은 뒤돌아서서 초강초강한 얼굴을 파란이하고 마주 보며 뒷걸음질로 걷고 있다. 분홍색 스타킹을 신었다. 걸음은 왜 이렇게 빠른지.

파란은 그 관능적인 몸매와 다리를 마주 보며, 자신도 모르게 탐닉한다. 파란이 눈은 마침내 연기로 변해 스물스물 파고든다. 본능적으로.

오래된 연못
개구리 폴짝
'풍덩!'

파란이 자기 자신한테 들켜 화들짝 놀라 눈을 뜬다. 동굴 속에서.

"진홍아 예전에 파란이 다쳤을 때일 기억하지. 내가 진홍이 먼저 택시 태워 집에 보내고 파란이 서울에 내가 아는 의사한테 갔었어. 사실은 그때부터 약을 먹고 있었어. 신경정신과 약. 파란이 진홍이에게 비밀로 해 달라 부탁해서 말 못했어. 고등학교 때 파란이, 한 달에 한 번씩 학교 빠진 것도 병원에 가서 진찰받고, 약 타느라 그랬어. 담임선생님한테도 말 못했어."

파란이 아버님이 긴 한숨을 내쉰다. 어머니께서는 그사이 아카시아 꿀에 미숫가루를 타서 내오셨다.

"어머니 잘 마실게요. 파란이 너무 걱정하지 마세요. 나중에 제가 잘 돌볼게요."

"대학원은 잘 다니고 있지?"

"네. 열심히 하고 있어요."

"진홍이 잘 알지 모르지만 경아라는 친구를 아프게 떠나보내고 한참을 힘들게 보냈어. 산속에 있는 동굴 속에서 살았어. 그러다 온산을 헤매고 다니다가 어느 날부터 글을 쓰면서 조금 안정이 되었어. 며칠 전에도 파란이는 나하고 약 타러 갔다 왔어. 지금은 산속 어딘가에 있을 거야."

과묵하신 아버님이 걱정스럽게 말씀하신다.

"미친 듯이 산을 헤매고 다녔어. 명성산에서 나무 지팡이 하나 주워 와서는 동반자인 양 제 몸뚱이처럼 애지중지하며 늘 함께했지. 겨울에만 집에 머물면서 3년 넘게 동굴에서 살면서, 머리도, 수염도 손질 한 번 안 했어. 3년이 지나고 반년이 지난 어느 여름밤. 천둥이 세상을 가르듯이 치고, 번개가 천둥이 가른 그 사이로 노란 용암을 뿜어내듯이 치면서, 비가 내리는 것이 아니라 쏟아져 내리는 밤에 마당에 있는 버드나무처럼 머리를 풀어헤치고 그 비를 다 맞으며 산에서 내려왔어. 이틀 밤낮을 정신없이 잠을 자고 일어나 정신없이 밥 몇 공기를 먹고서는 가위로 꽁지머리를 자르고 수염도 자르더니 말끔하게 머리 손질하고 깨끗하게 면도를 했어. 소주 한 병하고 나물 몇 가지를 싸서 동굴로 올라가 제를 지내고 내려왔어. 그러더니 지게를 지고 올라가 짐을 다 싸서 완전히 내려왔어. 그 후로 자기 방에 들어가 반년을 끙끙대며 책을 한 권 썼어. 경아가 써서 별빛으로 이야기해주었다고 말하더라."

"병원은 어디로 다니고 있어요?"

"의정부 대학병원에 다니고 있어."

초코 케이크 위에 내려앉은 빨간 딸기의 차가운 달콤함. -핑크-
키스 오브 파이어

묘지 위에 핀 보라색 빛 도는 파란도라지. -블루-
페퍼민트

중학교 체육선생인 파란은 여름 방학이라 집으로 내려왔다. 느티나무 아래 평상에 누워 하늘을 바라본다. 하얀 뭉게구름 뒤로 보라색 별들이 떠다니는 것이 보이는 것 같다. 매미의 울음소리는 파란이 울분을 대신해서 피를 토해내고 있다.

파란은 어머니로부터 초대장을 건네받았다. 친구 진홍이 병원을 개업해서 병원장 취임식과 병원 개원식이 있다는 내용이다. 주소와 전화번호가 적혀 있다. 날짜를 보니 이미 지나가 버렸다. 파란이 전화기를 들었다가 다시 내려놓는다.

오래된 연못
개구리 폴짝
'풍덩!'

파란이 연필을 꺼내 사각사각 깎아 진홍에게 편지를 쓴다. 파란은 지금 쓴 편지와 시집 몇 권, CD 몇 장, 장편 소설책을 들고 진홍을 찾아간다. 누군가의 손을 잡고서.

느려지는 발걸음, 희미해지는 기억들, 뿌연 눈으로 주위를 둘러본다. 그리움이 깃든 향취가 눈에 어릿어릿하다. 정신이 아득하여진다.

시집은 류시화 시인:『사랑하라 한 번도 상처받지 않은 것처럼』
『지금 알고 있는 걸 그때도 알고 있었다면』

CD: Nana mouskouri.Kenny G.

소설은 파란이 직접 쓴 장편 소설『핑크, 블루』이다.『핑크, 블
루』의 모티브는 마리온 팁의 '민들레의 시'이다.

"나는 미소를 잃어버렸다. 하지만 걱정하지 않는다. 민들레가 그
것을 간직하고 있을 테니."

'진홍에게

축억이라는 것은 가슴 안에 존재하지만, 그것이 밖으로 나와 버리면, 그때는 축억이 아닌 그냥 평범한 기억이 되는 것 같아. 그래서 가슴 안에 있던 축억이 강렬하면 강렬한수록. 그것은 밖으로 꺼내기가 어려운 것 같아.

- 단풍이 빛깔이 비를 맞으면 더욱더 진한 색으로 바뀌듯이. 내 마음도 눈물을 흘리면 더욱더 진한 그리움으로 축억이 짙어진다. 비 내리는 이 거리를 다시 걷고 있네. 빗줄기 속에 단풍이 짙어지고, 눈물 빛으로 축억이 더욱더 짙어진다. -

내가 지금 이 편지를 쓰는 것은 축억 속의 진홍이 모습이, 경아의 모습이 조금은 흐려질 수 있을 것이라는 각오를 하고 쓰고 있어. 머릿속에 선명하게 남아 있는 진홍이 축억들, 경아의 축억들, 위진 선생님의 축억들. 이 축억들을 간직하고 있을 때는 그 색이 아주 선명하지만 일단 밖으로 나와 글을 쓰거나, 말을 하면 그 빛이 흐려질까?

우리가 시험 준비를 잘해서 열심히 암기한 답안을 잘 쓰고 나오면 집에 가면서 다 잊히지만, 문제가 애매해서 답을 제대로 작성하지 못한 문제는 머릿속에 계속 남아 있듯이 너무 진한 그리움으로 남아있어.

지금 이 순간이 지난날의 그 시간이 아니고, 지금의 진홍이가 지난날의 진홍이가 아닌 것처럼. 오늘의 나 또한 지난날의 모습은 비슷하지만, 실재는 아니다. 한탄강 물이 항상 그곳에 있어서 언제나 같은 물이지만 순간순간 다른 물인 것처럼. 오늘의 나는 새로운 나다.

나는 지난날의 내가 아닌 오늘의 나이고, 진홍이 또한 어제의 진홍이 아닌데, 세월은 그 시절 그때로 지금 이 자리에 다시 불러와 오늘 이 자리에 같이한다. 진홍이하고 나. 우리 사이에는 굳이 타임머신이 필요하지 않다.

"여러 날을 고민하면서 긴장 속에서 설렘과 떨림을 즐겼어. 설렘과 떨림을 더 느끼고 싶어 하루하루 미루다가 이미를 붙여 전화했어"라고 말하면, 진홍이 너는 이렇게 말하겠지. "뭘 그렇게까지. 편하게 생각하면 되는데. 우리 언제 볼 수 있어?" 그러면 나는 자존심을 세우며 말할 거야. "얼굴을 보면 더없이 기쁘고 많이 좋겠지. 그런데 지금 이대로가 좋아. 목소리 듣는 것만으로도 만족해"

같이 있다는 것. 같이 마주하고 있다는 것. 그것은 어떤 형체가 꼭 있어야 할 필요는 없다. 마음으로 정신적으로 함께하면 언제든 같이할 수 있다. 너와 나. 우리 사이는 그 어디에서나 운명이 항상 연결되어 있으니까.'

러간.

"첫 사랑. 나의 첫 사랑은 하얀 눈사람으로 내 마음속에 남아 있다. 내 손이 닿거나, 내 온기를 느끼면 녹아서 사라질 것 같은, 그래서 나는 그저 남몰래 눈길만 주어야만 하는 마음속의 하얀 눈사람.

마치 숨죽이고 피어나는 이슬 맺힌 하얀 목련처럼 손닿을 수 없는 높은 곳에 있고, 마음속으로도 손을 닿고 싶지 않은 그런 '순백'.

나는 그저 남몰래 눈길만 주어야만 하는 하얀 눈사람. 성적 매력이 없어서가 아니다. 그녀의 나를 꿰뚫어 보는 시선. 맑은 눈, 밝은 빛. 크고 깊이를 알 수 없으며, 쌍꺼풀은 짙고 예쁜 눈. 충분히 여성으로 성적 매력이 있고, 너무 예뻐서 더욱더 힘든, 감히 내가? 내 주제에 넘볼 수 없는, 손길이 닿으면 녹아버릴 것 같은, 내가 바라보는 눈길만으로도 녹을까 남몰래 숨어서 보는 눈이 부셔 눈멀듯 하얀 눈사람.

겨울 함박눈이 바람에 흔들리는 버드나무처럼 관능적으로 쏟아지던 밤. 어렴풋한 시절, 초침이 진화의 가지 끝에서 은실 같은 빗발을 가늘게 떨면서 아득한 환상 속으로 멀어져 갔지.

낯설게 다가와 낯설게 달아나는 것이 어디 초침뿐인가. 초침도, 분침도, 시침도 속도만 다를 뿐, 왔다가 사라지는 것은 모두 마찬가지. 그러나 나는 원망하지 않는다. 결국은 또다시 돌아올 것을 알기에. 시시분분초초12.

그들은 내게서 멀어져 다음 공간을 떠돌아다녀도, 멈추지 않는 바람처럼 쉴 틈 없이 흘러 흘러가 비로소 자연이 해부하듯이 신비의 구름이 걷히고, 실타래 끝에 벌거벗은 파란 하늘이 오르가슴을 느낀 듯 몸서리치는 황홀한 세상을 보게 될 것이다. 그래서 목화솜 같은 포근한 눈으로 돌아와 영원히 녹지 않는 하얀 눈사람을 만들어 낼 것이다."9)

9) 채성, "핑크, 블루", 북랩출판사, 2015, pp. 104~105.

파란은 대학졸업을 하고 군대를 다녀와서 중학교 체육선생으로 부임을 받았다. 진홍은 의대 들어가서 8년 만에 정신의학과 박사가 되어 서울의 대학종합병원의 전문의로 근무 중이다.

　"파란이 기억상실 증세에 치매 끼도 약간, 정신이 들었다 나갔다 해. 지금은 입원 치료 중이야."

　진홍은 얼마 전에 파란의 어머니께 전화를 받았다. 마침 의정부에 계시는 선생님이 미국으로 연수를 떠나셨다. 진홍이 자원해서 의정부로 내려왔다.

　서울 내과 과장이 의정부 정신의학과 과장과 등산 약속을 잡아서 자연스럽게 이야기가 오갔다. 오늘의 등산코스는 도봉산을 완주하자는 제안을 했다. 우이암으로 올라 자운봉으로 해서 사패산까지 가는 하루 종일 걸리는 코스다. 진홍에게는 조금 버거운 코스다.

　아카시아 꽃이 활짝 피었고, 송화가 막 피어날 무렵 우이암에서 쉬고 있는데, 12명쯤 되는 한 일행이 옆에 와서 자리를 폈다. 들려오는 이야기를 들어보니 각자 등산을 왔다가 우연히 만난 친구들인 것 같았다. 한상 근사하게 돗자리에 차려놓고 말하기를 "밑에 식당에 예약한 것 어쩌지?" 하는 걱정을 한다. "식당이죠? 죄송한데 일행 중에 다친 사람이 있어서 그냥 내려가야 하니 예약 좀 취

소해주세요." 가만히 보니 아이가 2명 있었다. 솔직하게 이야기하면 될 것을 굳이 거짓말을 할까? 진홍이 생각했다. 순간 내가 더 놀란 것은 아이들의 눈을 본 순간이다. 아이들의 눈에는 어른들의 거짓말에 동조하며 자랑스러워하는 모습이 있다. 직업병이 돋아 참견하려다 내과 과장님이 말려서 그만뒀다. 오봉과 자운봉이 멀리 있고, 나는 사패산까지 가야 하는데. 다리에 힘이 빠져 걸을 수가 없었다. 멀리 두견새는 '소쩍 바꿔주우'하고 울고, 진달래는 벌써 오래전에 지고 송화가 피어나려 하는데. 파란이를 위해서라면 이 정도의 시련은 날마다 찾아와도 기쁜 마음으로 이겨낼 수가 있다.

"우리 선생님은 성함이 뭐에요? 직업은 뭐에요?"

진홍은 파란이 손을 꼭 잡고 묻는다. 손가락에는 파란이 명동에서 사서 끼워준 은반지가 끼워져 있다.

"저는 중학교 체육선생인데, 1987년 민주화로 뜨거웠던 봄에 명동에 경아를 만나러 나갔다가 경찰의 진압봉에 머리를 맞아 쓰러졌어요. 경아가 아직도 나를 기다리고 있을 거예요."

진홍이 회진 돌 때마다 파란은 똑같은 이야기를 되풀이한다.

"전공은 뭐에요?"

"저는 육상을 했어요."

"단거리, 중거리, 장거리 중 뭐에요?"

"마라톤이 하고 싶었어요."

"왜 마라톤이 좋아요?"

"달린다. 제게 있어서 달리는 것은 단순한 뜀뛰기를 하는 행위가 아니에요. 달린다. 달려 나간다. 이것은 마치 가위로 팽팽한 천을 가르듯이 바람을 가르고, 날려 오는 꽃향기, 나무 냄새, 흙냄새, 공기 냄새를 맡고, 지나치는 모든 것들의 행위에 귀 기울이고. 자기 자신을 영글어가는 것이에요."

"그렇군요. 계속 달리실 건가요?"

"기회만 있으면 언제든 달릴 거예요."

"꼭 그렇게 되면 좋겠네요."

'파란아, 잘 참고 이겨내리라 믿어. 언젠가는 우리 둘이 다정하게 손잡고 산속 오솔길을 걸어서 동굴도 갈 수 있을 거야. 봄이 오면 파란이 손을 잡고 꽃길을 걷고 싶어. 여름이 오면 계곡에서 같이 수영도 하고, 소나기가 내리면, 그 빗속에서 파란이하고 키스하고 싶어. 참 달콤할 거야. 가을이 오면 바바리를 걸치고 옷깃을 세워 주고, 떨어져 불타는 낙엽을 밟으며 하염없이 걷고 싶어. 겨울이 오면 앞마당에 눈사람을 만들어 놓고, 응접실 벽난로 앞에서 사랑을 나누고 싶어. 파란이 나에게 Elvis의 'It's now or never'를 불러주 겠지. 그리고 파란이 닮은 아이를 낳고 싶어. '누군가' 그 분이 나와 약속을 했어. 우리 꼭 행복한 날이 찾아올 거야. 저녁이 오면 발밑 에 땅거미가 지듯이 자연스럽게.'

진홍이 파란이 부모님을 찾아왔다.

"아버님, 어머님. 그동안 건강하셨어요?"

"진홍이구나. 그래 잘 지내지. 갈수록 어머니를 닮아가는구나."

"네. 잘 지내요. 파란이도 잘 지내고 있어요. 지난주에 다녀가셨 다면서요? 저 좀 보고 가시죠. 점심이라도 대접했을 텐데요."

"바쁜 박사님을 우리가 시간 뺏으면 되나. 파란이 맡겨두고 신경 도 못쓰는구나."

"별말씀을요. 저 두 분께 상의드릴 게 있어요. 이곳에 요양원을 지었으면 해서요. 마음에 아픔이 있고, 정신적으로 아픔이 있는 그런 사람들이 이런 자연 속에서 요양하면 얼마나 좋겠어요. 파란 이도 이곳에서 제가 돌보게 해주세요. 파란이 아무래도 자기가 머물던 곳에 있으면 더 빨리 좋아지지 않겠어요?"

파란이 어머니께서 진홍의 손을 꼭 잡고 말씀하신다.

"제발. 우리 파란이 좀 부탁해. 이곳 시설은 언제든지, 원하는 곳에 마음대로 해. 빨리만 지어서 개원해. 진홍이만 믿어. 내가 너무 부담 주는 것 아니지?"

진홍이 손가락에는 파란이 명동에서 사준 은반지가 끼워져 있다.

"그럼요. 부담은요. 허가받으려면 시간이 걸릴 수도 있어요. 그리고 저희 부모님께서 이곳에 이사 들어와서 양봉치는 것을 배울 수 있냐고 여쭤보라 했어요."

"그게 뭐 어려운 것이라고. 언제든지 들어오시라 해."

파란이 아버님이 여전히 군인다운 말투로 말씀하셨다.

지난 열흘 동안은 온통 설렘과 두근거림의 연속이었다. 파란은 어머니로부터 초대장을 건네받았다. 친구 진홍이 개인병원을 열어 병원장이 되었다는 초대장이다.

파란은 매우 기쁜 마음에 전화기를 들었다. 빨리 축하해주고 싶었다. 순간, '내가 불쑥 전화해서 축하한다고 하면 진홍이 당황하지 않을까?' 하는 생각이 들었다.

한동안은 통화한 적도, 만난 적도 없었기 때문이다. 무엇보다 걱정스러운 것은 축하인사가 끝나면, 무슨 대화를 어떻게 끌고 갈 것인가 걱정도 됐다.

진홍이는 파란에게 언제나 짝사랑의 대상이기 때문이다. 파란의 짝사랑 이야기는 긴 기다림의 시작이었다. 긴 기다림은 설렘과 떨림, 긴장의 연속이었다.

중학교, 고등학교 시절. 그 이후에도 고백을 못 한 것이 파란의 마음속에서는 지금껏 가지 않은 길에 대한 미련을 품고 살아가게 하고 있다.

그렇다고 섣불리 연락할 수도 없고, 하루만 더 생각해보자 하루만 더 생각해보자. 그 하루하루의 두근거리는 느낌이 좋았다. 긴장해서 말을 잘 못할 것 같으니 대본을 미리 짜놓고, 갈래마다 이야기가 끊어지지 않게끔 각본을 경우의 수에 맞춰 다 써놓고, 설렘과 떨림으로 달콤한 하루하루를 보낸 날이 열흘째. 진홍이에게 몇 가지 상상으로 대화를 나누고 또다시 설정하기를 수십 번. 이 떨림은 유쾌했다.

* 설렘, 떨림이 좋았어. 행복하냐고? 아픈 곳은 없냐고? 지금도 여전히 예쁘냐고? 끌림이 여전히 짜릿해.

* 진홍이 너를 항상 생각했어. 특히 네 생일이 다가오면 나타나는 공작. 우리가 처음 공동묘지에서 보았던 그 공작.

* 오늘 밤. 느티나무 밑의 평상에서 바라본 하늘에는 대추나무 가시에 찔린 별들은 또 왜 이리도 반짝이는지. 갈색으로 바레인 추억처럼.

* 진작 알았으면 난이라도 보냈을 텐데. 내가 대신해서 다른 것 보낼까하는데. '연애편지'.

* 축하하고, 반갑고, 존경스럽다.

* 존경스러운 이유는 남을 치료하고, 치유시킨다는 것, 거룩한 일을 하는 것이잖아. 나는 노력은 하지도 않으면서 막연히 중, 고등학교 체육 교사가 꿈이었잖아. 운이 정말 좋았지만.

* 내게 진홍은 언제나 녹지 않는 눈사람으로 남아있어.

* 실례가 되질 않나 하는 생각이 들었어. 또 한 생각은 설렘과 떨림이었어. 그 느낌이 기분 좋은 것이었어. 하루하루 미루다 열흘 정도 지났어. 끌림이 여전히 짜릿했어.

* 내가 가지 않은 길에 대한 미련이 이루어지는 날. 내 마지막 소원이 끝나는 날이야.

* 내 마지막 소원이, 가지 않은 길에 대한 미련. 즉 진홍이 너에
게 내 마음을 고백하는 것이야.

어느새 내가 아닌 다른 사람의 곁에 있는 너의 모습을 그려야 하
나. 마음은 고요한 설렘이 오고, 손은 잔잔한 떨림이 온다.

"명성병원이죠? 죄송하지만 원장님 계시면 바꿔주시겠어요?"

"네. 잠시만 기다려 주세요. 지금 자리에 안 계시는데요."

다시 한 번, 30분이 3시간처럼 느껴졌다.

"명성병원이죠? 죄송하지만 원장님 계시면 바꿔주시겠어요?"

"네. 잠시만 기다려 주세요. 누구라고 전해드릴까요?"

"시골친구입니다. 파란이라고 전해주세요."

내 거친 숨소리가 귀에 들린다. 마음은 무모한 설렘이 오고, 손
은 거친 떨림이 온다.

"지금 자리에 안 계시는데요."

설마? 나를 피하는 것은 아니겠지. 탄식과 한숨이 나온다.

"죄송하지만. 원장님 들어오시면 전해주세요. 전화번호는 011-
000-0000입니다. 감사합니다. 수고하세요."

'진홍이 병원에 바쁜 일이 있는 거야. 많이 바쁘겠지. 이제 곧 전
화가 올 거야. 내일은 연락이 올 거야. 며칠 내로 연락이 올 거야.'

'아마도 많이 바쁘거나 무슨 특별한 일이 있는 거야. 오늘 안으
로 전화가 올 거야. 꼭 올 거라 믿어. 기필코 전화하리라 믿어. 혹
시 전화 할 수도 있으리라 믿어. 나는.'

지금은 기다림에 하루하루가 설렘과 떨림 속에 열흘이 지나가고

있다. '아뿔싸!' 예상 밖의 경우가 있을 것이라 생각했어야지.

그것은 행여나 생각을 못 했다. 최악의 상황을 생각했어야 했는데. 전화를 받으면 무슨 말을 어떻게 시작하고, 어떻게 축하를 해주고, 어떻게 끝맺을까? 가슴이 떨리게 고민 고민하기만을 열흘.

그동안 느낄 수 있었던 설렘과 떨림. 그 기분이 좋았다. 그러나 정작 내 전화를 거부하고 받기를 피하리라고는 전혀 생각을 못 해봤다. 원래 진홍은 그런 친구가 아니었다. 진홍은 누구라도 반갑게 맞아주는 가슴 따뜻한 친구였다. 그래서 내가 미처 그 부분을 놓친 것 같다.

오호, 통재라.

"바람이 불어온다. 노랑나비가 슬프게 다가온다. 나비는 내 가슴에 나붓나붓 문신을 새겨놓고 사라져간다. 해가 뉘엿뉘엿 지기 시작하는 저녁 하늘은 쓸쓸하고 슬픈 너. 밤을 기다리는 나는 두근거림. 밤이 새도록 고독함과 적막함과 너와 나가 만나는 시간."

방향을 단 한 번 잃었을 뿐인데, 과거도 현재도 아닌, 삶과 죽음도 아닌, 낮과 밤도 아닌, 그곳도 이곳도 아닌. 여기는 지금 어디일까?

오래된 연못
개구리 폴짝
'풍덩!'

비로소 지금 내가 서 있는 곳을 알았다. '허무'.

"원장님. 회진 돌 때 시골 친구 파란이라는 분이 전화했었어요."

"뭐라 말씀하시던가요?"

"전화번호를 남겨놓았는데요."

"네. 알겠습니다."

10월의 햇살 좋은 어느 날, 건물 담벼락에 허리가 굽은 채로 피어있는 빨간 장미 몇 송이. 또 그 꽃을 바라보고 있는 하얗게 센머리를 하고, 허리가 활처럼 굽은 할머니의 흐뭇한 미소. 늦게 핀 빨간 장미와 할머니의 환한 미소가 닮았다, 닮았어.

장미를 보고 미소를 짓고 있는 허리가 굽고 머리가 하얗게 센 할머니의 기억 저편에는 물레방앗간의 내 남자와의 두근거리는 첫 키스가 스쳐지나갔을까? 내 남자로부터 프러포즈 때 받은 장미 꽃다발이 메말라 한줄기 햇살로 부서져 저승꽃이 되어 얼굴과 팔에 문신을 새겨 놓으면 첫날밤의 설렘이 다시 또 다랑논 같은 주름살 겹겹이 파도처럼 일렁거렸을까?

하늘은 맑고 푸르다. 그녀의 손은 차고 메말랐다. 공기는 포근하고 빨갛다. 동굴 앞 오솔길은 붉은색 단풍나무가 불타오르고, 그녀의 얼굴은 붉은 노을에 물들어 검붉은 파도로 일렁거린다.

나와 손을 잡고 데이트를 하는 이 여인은 어느 몇 해 전만 해도 물기를 흠뻑 머금은 실록의 푸름이 남아 있었는데 지금은 손에 조금만 힘을 주어도 우수수 부서져 휘이 날아 가버릴 것 같이 바짝 마른 낙엽처럼 건조하고 온기도 없다. 얼굴과 손에는 검붉고 예쁜 저승꽃이 피었다.

그분의 손을 잡고 사무실에 들어갔다. 입구에는 '원장실'이라고 붙어 있다. 들어서는데 익숙한 느낌이 든다. 사무실에 들어서자 첫 눈에 보이는 것이 원장님 뒤로 공작이 휘황찬란한 꼬리를 활짝 편 채로, 유리 액자에 담겨 벽에 걸려 있었다. 분명히 공동묘지에서 보았던 그 공작이다.

"그래. 공작은 찾으셨어요? 벽에 걸린 공작의 짝을 찾아준다고 하셨잖아요."

원장은 천천히 파란의 눈을 응시한다.

"여기가 어디인지 알겠어요? 옆에 계신 분이 누군지 알겠어요?"

"저 공작은 본 적이 있어요. 진홍이 다녀간 뒤, 공동묘지에서 꿩 이 '꿩꿩' 울 때 달려가 보면 저 공작이 나를 기다리고 있었어요."

"파란님 휴가는 어땠어요? 집에 며칠 있으니 좋았어요? 또 동굴 에 갔었나요?"

"네. 좋았어요. 동굴 오솔길을 이분과 함께 걸었어요."

"손에 들고 있는 것은 무엇인가요?"

"진홍이에게 전해줄 선물이에요."

"그것이 뭔지. 제가 대신해서 전해줄게요."

"원장님께서 잘 전해주세요."

"진홍이라는 사람 얼마나 좋아했어요?"

"사람의 크기는 키로 잴 수 있지만, 사랑의 크기는 키로 잴 수 없잖아요."

파란은 진홍에게 줄 선물. 파란이 쓴 편지, 시집, CD, 파란이 직접 쓴 장편 소설『핑크, 블루』를 원장님께 드렸다.

원장은 잠시 숨을 고른다.

"향수 냄새가 바뀌었네요."

파란이 공작의 눈을 보며 응대한다.

"여자가 바뀌었거든요. 진홍에서 핑크로요. 핑크는 초코 케이크 위에 내려앉은 빨간 딸기의 차가움도 있고요, 키스 오브 파이어 같이 달콤함도 있는 친구예요."

"선생님 성함은 어떻게 되요?"

"저요. 파란이라고 해요. 묘지 위에 핀 보라색 빛 도는 파란 도라지요. 혹은 페퍼민트 같은, 블루라고 불러주세요."

"제 이야기 잘 들어 보세요."

"이슬 맺힌 산딸기가 손가락을 쫙 펼치면 알알이 빨갛게 익은 딸기 송이를 화사가 몸을 곧추세워 날렵한 혀 놀림으로 목에 삼키면 오! 키스."

"무슨 뜻인지 알겠어요?"

"진홍이 파란이에게 키스해달라는 신호예요."

"왜 그때 핑크에게 키스를 안 해주었어요?"

"내 입술이 핑크 입술에 닿으면 녹아서 사라질 것 같았어요. 핑크가 제 편지를 읽었다면 이해했을 거로 생각해요. 원장님은 반지가 바뀌었군요."

"제 반지를 아세요?"

"원장님은 항상 제 손을 꼭 잡고 물었잖아요. '여기 어떻게 오시게 되었나요?', '저는 중학교 체육선생인데 1987년 민주화로 뜨거웠던 봄에 명동에 경아를 만나러 나갔다가 경찰의 진압봉에 머리를 맞아 쓰러졌어요. 경아가 아직도 나를 기다리고 있을 거예요.'라고 대답을 했죠. 그때 늘 끼고 있었어요."

그래. 파란은 진홍이 물으면 매일 똑같은 대답을 한 자도 빼지도, 더하지도 않고 하고 있다.

"네. 그래요. 전에 끼던 은반지를 잘 아시는군요."

"네. 잘 알죠. 저도 핑크에게 은반지를 사주면서 언젠가는 원장님이 끼고 있는 그 다이아몬드 반지를 끼워주겠다고 약속을 했었어요."

"블루님은 우리 간호사하고 병실에 먼저 가 계세요."

"원장님 안녕히 계세요."

진홍이 파란이 어머니하고 상담한다.

"어머니 이 반지 제가 못 낄 것 같아요. 어머니 다시 가져가세요. 결혼해서 5년 만에 파란이 낳고. 시어머니한테 처음으로 받은 것이니 소중하지 않겠어요? 진홍이 얘기하는 것 보셨잖아요."

"이제 우리한테 이런 것이 뭐가 필요 있어. 불편하면 빼서 잘 보관해둬. 파란이가 진홍이한테 다이아몬드반지 사준다고 약속했다면서."

병실에 있던 파란이 순간적으로 번쩍하고 번개가 머리를 때린다.

나의 어머니, 아버지, 그리고 진홍이, 경아, 유진 선생님.

허리가 굽은 빨간 장미를 바라보던, 허리가 활처럼 굽고 하얗게 센머리를 한 할머니. 조금 전에 내 손을 잡고 있던 그분이 나의 어머니였다. 파란은 다시 원장실로 달려가 그 할머니와 뜨거운 포옹을 했다. 어머니 등 뒤로 뜨거운 눈물이 쏟아져 내린다.

"원장님 반지가 다시 은반지로 바뀌었네요. 흔들리는 마음이 돌아온 것이에요?"

파란은 집으로 돌아가시는 어머니의 손을 잡고 원장실을 나섰다. 자연은 다시 돌아 봄날의 따스함이 돌아오는데, 이 여인, 나의 어머니. 이름만 불러도 눈물이 나고 가슴이 설레는 그 이름. 나의 어머니. 바라건대, 제인 허쉬필드가 말하는 "사흘 동안 잠시의 중단도 없이 불타고, 불타다. 떨어지면서도 이틀 동안 더 불탄다."는 그 단풍잎처럼 이틀만 더 불타오를 수 없을까? 그 설렘이 사치일까?

"아버지는 건강하세요?"

"아버지는 오늘 인부들하고, 진홍이 아버지하고 작업 좀 하느라고 바쁘시다."

"진홍이 아버지는 왜요?"

"진홍이 부모님들이 이곳으로 아주 이사를 하셨다."

"그랬군요. 어머니 조심해서 가세요."

파란이 또 잠이 들여진다.

신경 정신의학과 병원과 요양원은 예전에 양봉을 치던 자리라 넓고 좋다고 진홍이 말해 그곳에 지어졌다.

원장실은 3층에 있다. 원장은 약속 시간 때문에 외출해야 하는데, 환자 한 명 때문에 난감하다. 시간이 흐를수록 안절부절 속이 타들어 간다. 요양원 입원 중인 치매 환자가 진료 받으려 원장실에 들어왔는데 벌써 3시간째 한마디 말도 없이 벽만 바라보고 바닥에 앉아 있다. 그 벽에는 이 요양원 설립 당시부터 걸어놓은 공작의 박제가 걸려 있다. 꼬리를 다 편 상태로.

그 공작의 박제는 원장이 특별히 신경 써서 산 작품이다. 약속 시간이 지나자 몇 차례의 전화가 다급하게 왔다. 군수의 비서이다. 오늘은 군수와의 약속이 정해져 있는 날이다. 진홍은 알코올 중독 환자의 재활문제로 군수로부터 만남을 제의받았고. 미루다, 미루다. 오늘은 꼭 만나기로 약속을 했었다.

원장은 참으로 난감했다. 일전에는 뒷산에서 꿩이 꿩꿩 울자 산책하던 이 환자가 높은 담을 훌쩍 뛰어넘어 쏜살같이 달려갔던 일이 있었다.

"원장님은 저를 아세요?"

"나는 파란님을 잘 알아요."

"잘 안다는 말씀 함부로 하시면 안 돼요. '나는 그 사람을 만나봐서 잘 안다.', '나는 그 사람을 겪어봐서 잘 안다.', '그 사람은 내가 이야기 들어봐서 잘 안다.' 잘 안다는 말, 참 위험한 말이에요.

아메리카 인디언들의 속담에 이런 말이 있어요, '남의 모카신을 신고 십 리 길을 걸어가 보기 전에는 그 사람에 대해 말하지 말라' 파란이 비밀이 많은 아이예요."

파란의 눈은 다시 벽을 바라보며 미동도 없다.

진홍은 직원을 불러 파란이를 병실로 모셔가라 할 수 있지만 파란이 기억의 조각들을 모아 퍼즐을 맞출 때까지 기다리기로 했다. 파란이 머릿속에 쌓인 먼지를 홀홀 털어버리고 어서 빨리 제자리에 돌아와 주길 간절히 바랐다.

시간에 쫓긴 원장은 어쩔 수 없어 인턴 선생을 불러 신신당부를 한다.

"김 선생님. 이거 사무실 열쇠예요. 나중에 저 환자분 나가시면 문 좀 닫아줘요. 환자분 특별히 부탁드려요. 또 산으로 달려가면 이제 곧 어두워져서 큰일이에요."

원장의 차가 쏜살같이 요양원을 빠져나갔다. 인턴인 김 선생이 환자와 같이 공작을 바라본다.

"공작이 뭐라 말해요?"

환자는 대답은커녕 공작의 눈에 가 있는 시선을 좀처럼 뗄 생각이 없다. 김 선생은 사무실 밖에서 열쇠를 잠그고 화장실을 다녀올까 생각 중이다. 이때 전화가 왔다. 원장이다. 서둘러 오느라 책상 위에 서류를 빠뜨리고 왔으니 군청으로 서류를 가져다 달라는 전화다. 김 선생은 서류를 챙겨 들고 나간다.

"조금만 계세요. 얼른 다녀올게요."

환자는 여전히 벽만 쳐다보고 대꾸도 없다. 김 선생은 밖에서 문을 걸고 서류를 가지고 군청으로 향했다. 김 선생의 차가 쏜살같이 요양원을 빠져나간다.

밖은 어두워지기 시작했다. 원장실에 있는 환자는 벽만을 바라보며 공작의 눈동자를 계속 찾고 있다. 사무실 안은 이미 어두워져 깜깜한데 마침 보름달이 환하게 비추어 달빛이 사무실 안을 다소 따뜻하게 비춰 주었다.

'달빛에 비쳐 빛나는 공작의 눈은 내 마음을 아는지 모르는지 미동도 없다. 꼬리에 핀 무지갯빛 눈만이 반짝반짝 빛나고 있다. 예전에 동굴 앞에서 올려다본 검은 하늘처럼,'

이때 요양원에 난리가 났다. 환자 한 분이 저녁 식사 때부터 보이질 않는 것이다. 관리를 맡은 책임자가 군청에 있는 원장에게 전화한다. 원장은 김 선생이 서류 때문에 이리로 오고 있으니 확인해 보겠다고 한다.

"김 선생님, 환자분 내 사무실에 안 계세요?"

"원장님 전화 받고 밖에서 문 걸고 바로 왔는데요."

"관리인한테 이야기 안 했어요?"

"네. 급하게 오느라고요."

원장과 김 선생이 요양원에 도착해 원장실을 열자. 그 환자 여전히 벽에 걸린 공작을 보며 웃으면서 울고 있다. 그리고는 이내 탈진해서 쓰러진다.

원장은 긴급 처방을 내렸다. 응급실로 내려가서 진정제 주사를 놓고 영양제와 수액을 투여하며 산소마스크를 씌운다.

파란은 '화한' 박하사탕 냄새가 나는 산소마스크를 쓰고, 공작을 타고 멀리 환상의 세계로 한없이 날아갔다. 끝이 없는 동굴 속으로.

예전에 보았던 동굴의 끝이 보이질 않는다. 어두컴컴한 동굴을 따라 들어가도 길은 계속 이어져 있다. 거미줄만이 파란을 막을 뿐 길은 계속 이어져 있다.

파란이 머릿속에서는 끝없이 대화가 이루어진다. 진홍이, 유진 선생님, 경아가 모두 모여 끝없는 대화가 이루어진다. 진홍이하고 파란이 시골에서 제일 먼저 만났다.

유진 선생님하고 파란은 유진 선생님이 처음 발령받고 파란과 진홍이 다니고 있는 시골학교에 부임한 지 6개월 만에 파란일 처음 만났다.

경아하고 파란은 경아 부모님이 운영하는 카페에서 처음 만났다. 그 당시 파란은 진홍이하고 카페에 왔다가 경아를 만났다. 서로가 앞지르려 하지 않고 순서를 인정한다. 기억이 맞은 모양이다. 밤꽃이 좁쌀처럼 필 때. 그 좁쌀만큼의 크기가 모여 박 하나를 채울 만큼의 이야기를 나눈다.

파란에게 진홍은 파란이 손길이 닿으면 녹아서 사라질 것 같은 파란이 바라보는 눈길만으로도 녹아서 사라질 것 같은 마음속의 하얀 눈사람이다.

파란에게 유진 선생님은 햇살이 내리쬐는 무더운 여름 한낮 횡단보도 앞 자동점멸기에서 얻은 손바닥만큼의 그늘이지만 온 우주를 덮을 수 있는 그늘이다. 파란이 기대어 쉴 수 있는 그루터기이다.

파란에게 경아는 파란이가 처음이자 마지막인 끝 사랑이다.

진홍이 말한다.

"나의 첫사랑은 하얀 눈사람으로 내 마음 속에 남아있다. 내 손이 닿거나 내 온기를 느끼면 녹아서 사라질 것 같아 남몰래 눈길만 주어야 하는 마음속의 하얀 눈사람'이라고 내게 말했어요."

경아가 말한다.

"'내게는 산속의 옹달샘에서 솟아오르는 물방울처럼 맑고 투명함을 보았다. 또는 여우비 같다'라고 말하고 '늦은 여름 향기에 프러포즈'도 했어요."

유진 선생님이 말한다. "결혼한 사람이 자격이 있는지 모르겠지만, 추억이 있으니 말하겠어요. 우리는 붉게 물든 단풍나무 아래서 키스를 위한 포옹을 했지만 감행하지 못한 모험이었지요. 나를 첫눈에 반한 매력적인 여자라 했어요. 또 '사람의 크기는 키로 잴 수 있지만, 사랑의 크기는 키로 잴 수 없잖아요. 국화는 국화답게, 장미는 장미답게 피면 그만이죠. 국화가 장미보다 크기가 작은 이유는 사랑을 너무 많이 가지고 있어서 크기가 작은 것'이라고 말했어요."

진홍이, 유진 성생님, 경아한테 파란은 페퍼민트처럼 청량감이 맴도는 남자이다. 꽤 단란한 모습이다. 모두가 웃음꽃이 핀다. 누구도 적의에 찬 눈빛을 하지 않는다. 서로가 서로에게 포근한 느낌을 준다.

파란은 눈을 한번 깜박하고 나면 모두가 사라질 것 같은 공포가 찾아온다. 너무 다정한 모습이어서 눈이 뻐근하지만 깜박이질 못하고 참는다. 눈물이 흘러내린다. 희미하게 사라지는 우리의 모습들이 칸칸이 쪼개진다. 쪼개진 모습 속에 파란의 모습은 그 어디에도 찾을 수가 없다. 또다시 검은 동굴 속으로 떨어진다. 파란은 오늘도 잠 들여진다. 원장과 수간호사는 병실을 다 돌아보고. 다른 직원들은 병원 버스를 타고 퇴근을 했다.

원장과 당직 의사와 당직 간호사, 관리인은 남아서 야근을 했다. 원장은 밤을 새워 파란의 상태를 점검한다. 잠든 파란의 얼굴을 어루만지며 안도의 한숨을 내쉰다.

"오늘 내가 너무 바빠서 파란이 에게 소홀했지. 미안해."

원장은 군청에서 가져온 서류를 챙겨 보다, 잠깐 잠이 들었다.

"진홍아. 진홍아." '누군가' 진홍을 깨우는 소리에 눈을 뜨자. 파란이 눈을 뜨고 앉아 진홍을 내려 보며 머리를 쓰다듬고 있었다.

"파란아."

"진홍이 네가 해냈구나. 나는 네가 잘해낼 것이라 믿었어."

"파란아. 파란아."

진홍은 눈물이 쏟아져 파란이 이름만 자꾸 부를 뿐. 어찌할 바를 몰랐다.

"원장님은 파란이를 어떻게, 얼마나 알고 계시는지요? 파란이는 진홍을 만나면서 유진 선생님도 만났고, 경아를 사귀기까지도 했어요. 그뿐인 줄 아세요. 일전에 집에 인사 왔을 때도 산속을 헤매고 있지도, 동굴에 있지도 않았어요. 산속에서 진홍이 가는 것을 지켜보면서 뒷걸음질로 도망쳤어요? 파란은 진홍이에게 솔직하지 못했어요. 진홍은 파란에 대해 모르는 것이 너무 많아요."

"괜찮아요. 사람이 살다가 가끔 감기에 걸린 거라 생각할게요."

"진홍아, 진홍아. 미안하다, 미안하다."

"파란아. 파란아."

진홍은 허공에 손을 허우적거리다 잠에서 깨어났다. 파란인 여전히 누워서 잠을 자고 있다. 진홍은 파란의 입술에 가볍게 입맞춤을 한다. "Good Morning." '그래. 안녕. 다음에는 더 진하게 해줘.' 진홍은 새벽공기를 맞으며 진한 커피를 한잔 마신다. 새벽빛이 엷게, 비추기는 해도 아직은 어둑어둑하다. 산속 오솔길을 걸어 옹달샘에서 물을 한 병 떠왔다. 파란이 차를 타줄 물이다.

"진홍이 잘 지내고 있었어?"

"파란이 일어났구나."

파란이 일어나 앉아 있었다. 진홍은 매우 반가워 파란이 손을 붙잡고 밖으로 뛰어나갔다. 진홍은 파란이하고 손을 잡고 지금 다녀온 요양원 앞 옹달샘으로 이른 아침부터 산책하러 또 갔다. 그 사이에 안개가 자욱하게 내려앉았다.

"파란아 우리 샘물 마시고, 동굴 가 볼까?"

'진홍아 이제 동굴은 경아의 쉼터가 되었어.'

"나. 동굴은 가고 싶지 않은데. 그러지 말고 독수리 바위에 가서, 파란 하늘을 누워서 보는 것은 어떨까?"

'파란이 동굴을 제일 좋아했는데 왜 가려 하지 않을까?'

"그래, 그럼. 독수리 바위에 가자."

'경아야 산속 구경은 잘하고 있는 것이지.'

"진홍이 요양원 하는 것 후회하지 않아? 서울 병원에 있으면 전문의에 교수님 소리도 들을 텐데."

둘은 독수리 바위에 누워 파란 하늘을 본다. 파란 하늘 위에 계시는 '누군가'는 우리의 기억을 잘 간직하고 계실까?

'결혼한다는 얘기를 해야 할 텐데.'

"파란아 나 안 보고 살 수 있어?"

'진홍이 없이 내가 어떻게 살 수 있어. 그냥 숨만 쉬고 있는 것이지.'

"진홍이 너 없을 때도 잘살았어. 걱정하지도 마."

'파란이 뭔가 눈치를 챘나. 내가 파란이 곁을 언제 떠나 있었다고.'

"정말 괜찮은 거야?"

'설마. 진짜 결혼하려는 것은 아니겠지.'

"왜? 시집가려고?"

'걱정하는 것 아니겠지.'

"시집 한 번 가 볼까 하고."

'설마. 나한테 프러포즈하려는 걸까?'

"상대는 누구야?"

'솔직히 말해도 될까?'

"서울 병원에 계시는 내과 선생님이야."

'이제는 진홍이도 보낼 때가 되었지.'

"예전에 가을에 비 오는 날, 내 마음에 은비늘을 세우고 비가 오는 날 진홍이 그 사람하고 우산을 쓰고 가는 것을 본 적이 있어. 날이 어둡고, 비가 내려 우산을 쓰고 있어서, 그 사람 얼굴은 못 보았지만."

'파란이가 그때 그곳에서 우리를 보았구나.'

"맞아 그 사람. 나중에 인사 할래?"

'그래, 그래. 해야지 결혼. 그런데 왜 속상하지?'

"그랬구나, 그랬어. 축하해. 기회가 되면 인사해야지. 시집가도 요양원은 계속 나올 거 아냐. 그거면 됐지 뭘 더 바라."

'세월이 가면 다 잊히겠지?'

"서울 퇴계로에서 장충동으로 넘어가는 언덕위에 A 호텔에서 결혼식 할 거야. 시골에서 국수 삶고, 돼지 잡아서 잔치하고 결혼식은 A 호텔에서 할 거야."

'진홍아. 그 A 호텔은 유진 선생님 결혼식에도 갔었고, 경아 하고의 첫날밤도 그곳에서 이루어졌어. 이젠 진홍이 너마저…'

"원장님께서 외출을 허락하신다면 꼭 가야죠."

"파란아 오늘 아침 기분은 어때?"

"원장님 오셨어요?"

"파란님 오늘 컨디션이 별로이군요?"

"간밤에 많은 꿈을 꾸었어요."

"좋은 꿈을 꾸셨나요?"

"네. 제가 생각을 해보니 그동안 고마운 분들을 많이 만났더군요."

파란은 동굴 끝에서 파란 불빛을 본다.

'이 터널 끝에 길이 이어지고, 나는 그 길 위에서 핑크를 만날 수 있겠지.'

그동안 몇 번. 수면제를 절묘하게 숨기고 밤을 뜬눈으로 새웠다. 손가락의 엄지와 중지에 약을 끼우고 비비듯이 순식간에 튕겨서 환자복 소매 끝에 밀어 넣어 감쪽같이 숨기고, 빈손을 입에 털어 넣고 물을 한 모금 삼킨다. 낮에 산책길에 얇은 돌로 열심히 연습한 보람이 있다. 몇 번을 더 모아야 할까? 남은 그날까지.

'파란아 제발 그러지 마라. 그거 나쁜 것이야. 네가 없는 세상에서 정말 나 혼자 행복할 수 있을까? 지금 내 행복이 진실한 행복일까? 파란아 농담 잘하고 몽상가이며, 환상가인 모습으로 어서 돌아와. 경아 때문에 그동안 애써 방황했으면 됐어. 너 차가운 사랑을 하고 싶어 했잖아.'

'진홍아 네가 대학원 들어가서 석사, 박사 될 때. 무척 바빠서 시골에 못 내려온 것 다 이해해. 나는 너를 자유롭게 해주고 싶어. 더는 네게 짐이 되고 싶지가 않아.'

"파란이 너는 나를 놓아줄 수 있어?"

"원장님 어디 가세요?"

"파란이 네가 지금이라도 말리면 가지 않을게."

"우리 집터가 호랑이 터래요. 그래서 개를 못 키운대요."

파란은 계속 딴청을 피운다. 마음속으로는 보내 주어야 한다 생각하며 부디 행복하기를 빌면서, 겉으로는 계속 투정이다.

'파란이 네가 힘들게 싸우고 있는 것 잘 알아. 잘 이겨내리라고 믿어. 언젠가는 깊은 잠에서 깨어나. 긴 꿈을 꾸었다며 내게 즐겁게 이야기해줄 수 있는 날이 올 거라 믿어.'

진홍은 결혼식을 끝내고 신혼여행은 뒤로 미루고 요양원에 출근했다. 신혼여행은 나중에 요양원자리가 완전히 잡히면 그때 가기로 했다.

요양원에 들어서자 환자들이 삼삼오오 모여서 웅성웅성하고 있다.

파란과 공작이 감쪽같이 사라졌다.

정신이상이 있는 몇몇 분들은 공작이 사람을 태우고 날아갔다는 것을 증언한다. 어떤 이는 파란이 용을 타고 날아갔다, 어떤 이는 파란이 공작을 타고 날아갔다고 말하고 마음에 병이 깊어 평소에 말이 없던 한 환자분의 이야기로는 "'누군가' 빛을 통해 파란 이하고 공작을 데리고 갔다"라며 말문을 열었다.

산속 동굴 끝 벽에 예전에 없던 공작의 문신이 새겨져 있다. 진홍은 동굴 앞에 앉아 먼 산 위를 바라본다. 잿빛 하늘 위로 붉은 노을이 지고 있다. 무지갯빛 눈 모양의 꼬리를 활짝 편 공작을 타고 파란이가 날아온다. 부채꼴로 펴진 수컷 공작의 꼬리 깃털에서 무지갯빛 눈(eye)으로 진홍을 바라본다. 나팔꽃처럼 보조개가 쏙 들어가는 파란이 특유의 엷은 미소를 짓고 진홍을 바라본다.

오래된 연못
개구리 폴짝
'풍덩!'

그래. 내 삶이 붉은 노을로 질 때, 그때는 파란이 너를 나의 환상 속에 가두고 한 장, 한 장 펼쳐내 보고 싶다. 지금은 그때가 아니다.

그 순간 스치듯이 드는 생각 '이 바위 이름을 자살 바위라고 할까?' 파란의 말이 생각났다. 그때는 흘려들었는데. 진홍은 깜짝 놀라 잠에서 깨어난다. 파란아 다시는 나를 떠나지 마. '파란이 수면제를 가루로 빻아서 주어야지.'

"진홍이가 의정부로 간다고 했을 때, 내가 처음에는 반대했었지만. 진홍이하고 파란이 관계를 이해해서 거기까지는 내가 양보를 했고, 진홍이 생각해서 의정부 과장님하고 등산 약속을 잡으면서까지 힘을 써 주었지만, 더 이상은 무리야 양보 못해."

　"나는 이미 결심을 했고, 그것을 실행에 옮길 거야."

　"그런데 이제는 시골로 내려가 요양원을 차려서 그곳으로 들어간다고? 그러면 나는 일주일에 한 번 그것도 바쁜 일이 있거나 하면 한 주 거르고 또 한 주를 그냥 보내면, 그래서 우리가 같이할 수 있는 날이 얼마나 되겠어? 파란이하고는 언제든 보고 싶을 때 보고, 나는 어쩌다 한 달에 한두 번 그나마도 빈껍데기만 볼 수 있잖아."

　"재승이가 시골로 오가며 보면 되잖아."

　"서울에 병원을 두고 시골 요양원은 전문의 선생님께 위임해서 운영하게 하고 가끔 나하고 같이 내려가 보면 어떨까? 더는 양보가 곤란해."

　"그럴 수 없다는 것 잘 알잖아. 모든 분이 나를 믿고 오신 분들인데 내가 지금 돈 벌려고 요양원을 운영하려는 것인 줄 알아?"

　진홍이 요양병원을 차리는 동안 이재승 선생은 연락도 없었고, 한번 와보지도 않았다. 재승은 병원 개업식 때도 모습을 보이지 않았다.

진홍은 파란을 환상 속에 가두고 싶지 않았다. 언제든지 보고 싶을 때 보고, 만지고 싶을 때 만져보며, 간혹 정신이 돌아올 때는 손을 잡고 옹달샘으로 산책하고, 즐거웠던 시절의 이야기를 나누며 독수리 바위를 타고 그 시절로 되돌아가고 싶을 뿐이다. 진홍은 파란의 머리를 찍은 영상을 가지고 서울에 재승을 찾아갔다.

　"내게 손잡아 주는 것 그 이상을 허락하지 않은 이유가 파란이 때문이었겠지. 그나마 내 손을 잡고 있으면서 마치 파란이 손을 잡고 있는 것 같은 몽상을 한 것 아니었어? 내가 진홍이 너를 얼마나 기다렸는지 네가 나보다 더 잘 알고 있을 거야. 의대 졸업하고 대학원 들어가서 석사, 박사과정을 밟을 때 누가 항상 네 곁에 있었니? 우리가 알고 지낸 혹은 사귄 그 세월이 10년이야. 10년이면 강산도 변한다는 세월인데 진홍이 너는 어쩜 하나도 변하질 않는 것이야?"

　"정신이 언제 돌아올지 알 수가 없는데 어떻게 파란이 곁을 떠나있어? 파란이 정신이 돌아왔을 때 내가 곁에 없다면 얼마나 허전하겠어? 또 그 소중한 시간이 너무 아깝잖아. 자주 있는 일도 아니고."

　"그런 일이나 하려고 그 고생을 하며 힘들게 공부해서 신경 정신의학과 박사가 된 것이었어?"

　"내가 하는 일이 어때서, 나를 욕하고 미워하는 것은 내가 감내할게. 파란인 이 일이 거룩한 일이라 했어. 파란이하고 내 환자분들, 그들을 모욕하지 말아 줘."

　"내말은 그분들을 모욕하고 네가 하는 일을 깎아내리는 것이 아니고, 우리가 같이할 시간이 너무 없다는 얘기잖아."

"내게 파란이도 물론 소중하지만 다른 환자분 한분 한분이 다 소중하고 그 길이 내가 가야할 길이라는 것을 잘 알아. 누군가는 그런 아픔을 겪는 분들을 돌봐야 한다면 그 길이 험해도 나는 그 길을 기쁜 마음으로 걸어갈 거야. 지켜봐 줘."

"그래서 진홍인 행복해? 나는 우리 부모님을 설득할 자신이 없어."

"행복하냐고? 그래, 나 지금 행복해. 내가 행복하지 않으면 다른 환자분들하고 있을 때 어떻게 행복한 척 할 수가 있어. 그분들은 영혼이 맑아서 내 웃음, 내 몸짓 하나, 내 말 한 마디 한 마디에 같이 행복하고 같이 웃을 수 있어. 내가 정말 행복하면 그분들도 그날 하루를 행복한 날을 보내서. 그러니 내가 어떻게 행복한 척 겉으로 웃을 수 있어. 그분들과 대화를 나누려면 내가 마음속으로부터 행복을 느껴야 해. 그래 파란이 이야기 나왔으니 내 말 하지. 나는 파란이 집 우물 속에서도, 옹달샘에서도, 느티나무와 버드나무에서도, 독수리 바위에서도, 동굴 속에서도, 나는 행복을 느껴. 그곳에는 언제나 파란이가 머물러 있으므로 옹달샘에서 솟아오르는 작은 물방울처럼 작고 소소한 행복을 느낄 수 있어."

"그건 환상이야. 너도 현실을 받아들여."

"지금 파란이 머리를 촬영한 영상을 신경과 수술 팀하고 같이 보고 오는 중이야. 이번에 새로 오신 과장님으로부터 파란이도 수술하면 좋아질 가능성이 있다는 대답을 들었어. 지금은 그 시기를 기다리는 중이야. 어쩌면 파란이 특유의 농담을 들을 수도 있어. 기뻐해 줄 거지? 내가 환상이 아니라는 것을 꼭 보여줄게."

새벽에 산에 오른 진홍은 독수리 바위에 누워 구름 깔린 파란

하늘을 바라본다. 그의 내면에 '풍덩' 소리가 물결쳤다. 마음속에 잔잔한 파문이 일었다. 이제 어두운 동굴에서 걸어 나와 파란빛을 보게 됐다.

동쪽 하늘 위에 뭉게구름 사이로 파란 하늘이 보이더니 구름이 빨갛게 달아오른다. 그 뒤로 떠오르는 붉은 해가 웅장하다. 오늘 하루만큼은 모든 걸 내려놓고 이대로 잠들고 싶다. 파란이가 수술 받고 예전의 모습으로 돌아올까? 설렘이 파도친다. 파란이 손을 잡고 오솔길을 걸어갈 것을 생각하니 벌써 가슴이 두근거린다. 가마니 위에서 꿈꾸듯이 회상한다.

"진홍이 몰고 온 바람의 무늬는 꽃신을 신고 색동저고리를 입고 있다. 파란은 봄날의 따스한 햇살을 한 올 한 올 엮어서, 정성껏 한 땀 한 땀 따서, 분홍색 골무를 끼고 따뜻한 스웨터를 짜서 하늘하늘하고 가녀린 진홍이 등 뒤에 입혀주었다.'

우물 같은 호수 산정호수, 바람도 구름도 모두 쉬어가라는 쉼표 바위, 밤이면 날아다니는 독수리 바위, 산신령님이 살고 계시는 초가 있는 동굴. 길잡이별이 등 뒤에서 빛나고 있는 '별박이'를 따라서 분홍색 하늘하늘하고 짧은 원피스를 곱게 차려입고 아카시아 꽃을 한 아름 안고 진홍이 수줍게 놀러 온다.

'아카시아 꽃의 달콤함이란 것에 정말 정신을 잃겠는걸.'

* 죽은 이들이 사는 마을에서 나는 보았다. 꿩이 공작으로 변하는 걸.

＊독수리 닮은 바위가 밤이면 나를 태우고 먼 창공을 날아오르는 걸.

＊녹색 손바닥을 곱게 펼치면 빨갛게 익은 산딸기를 예쁜 색을
 띤 뱀이 목을 곧추세우고 날렵한 혀로 따먹는 걸.

 밤꽃이 하얗게 필 무렵, 밤꽃 냄새에 취한 듯이 마음이 흔들거렸
다. 반딧불이의 작은 정령들이 파란이, 진홍이 이 둘을 몽상가로
만들면, 둘은 몽상가가 되어서 기묘한 이야기를 나눈다. 오늘 밤
내 몸이 흔들리는 것은 수면제 때문인 듯싶고, 내 마음이 흔들리
는 것은 보라색 바람 때문인 듯싶다. 그날 밤. 진홍은 보색잔상 속
의 몽상가와 사랑을 나누고 몽정을 했다.

 '진홍이 내게는 하얀 눈사람 같은 친구이다. 내 입술이 닿으면 녹
아서 사라질 것 같은, 내가 바라보는 눈길만으로도 녹아서 사라질
것 같은 그런 순백의 여자. 진홍은 내 마음속에 천년만년 하얀 눈
사람으로 남아 있을 거다. 진홍이 생각만하면 입안에 가득히 아카
시아 꽃향기가 짙게 배어 나온다'라고 파란은 생각한다.

 '진홍이가 더 좋으니, 내가 더 좋으니?'

 '유진 선생님, 사람의 크기는 키로 잴 수 있지만, 사랑의 크기는
키로 잴 수 없잖아요. 국화는 국화답게, 장미는 장미답게 피면 그
만이죠. 국화가 장미보다 크기가 작은 이유는 사랑을 너무 많이
가지고 있어서 크기가 작은 것이에요.'

 '파란아, 길가에 떨어져 이틀 동안 더 불타야 하는 단풍나무의
낙엽을 쓸고 있는 청소부의 마음은 설렘일까? 떨림일까? 두근거림
일까? 아니면 그 후로 이틀 동안 가슴이 더 뜨겁게 불탔을까?'

'유진 선생님, 길가에 떨어져 이틀 동안 더 물들여야 하는 꽃잎을 쓸고 있는 청소부의 마음은 행복일까? 고통일까? 고독일까? 아니면 그 후로 이틀 동안 가슴이 더 곱게 물들었을까요?'

그날 밤. 파란은 보색잔상 속의 유진 선생님과 사랑을 나누고 몽정을 했다. 도화지에 그린 그림 위로 물이 쏟아지면 모두가 번져 도저히 어떤 그림인지 구별이 어려운데. 곱게 물든 단풍나무위로 비가 쏟아지면 그 색이 더 짙어지고, 더 선명하게 물든다. 자연의 위대함이고, 유진 선생님의 숨길 수 없는 매력이다.

그날 밤. 경아는 파란이하고 의식과도 같은 경건한 사랑을 나누었다.

'대지를 흔드는 바람 소리에 별똥별과 함께 떨어져 초설에 수놓은 버찌의 기쁜 추락, 행복한 낙과이다.'

'경아야 너는 참 맑고 투명해. 네 눈을 보면 시골집 안마당에 있는 우물이 생각이나. 네 눈 속도 두레박이 있어야 눈물을 길어 올릴 수가 있을 것 같아.'

명성산 억새꽃이 피면 그곳 팔각정에 올라 바라보면 바람에 휘날리는 억새꽃이 마치 다이아몬드가 물결치듯 했다. 이곳 남산 팔각정에서 내리는 눈이 남산타워의 불빛에 반짝이면 마치 다이아몬드가 흩뿌려지는 듯하다. 그곳 명성산에 어둠이 찾아와 별이 반짝이고 달이 차오르면 이곳 남산 팔각정에서 바라보는 서울의 불꽃처럼 빛이 났었다. 아차, 그날 밤 명성산 하늘에는 별이 반짝이지 못했었다. 억새꽃에 모두 내려앉아 있었기 때문이다. 지금은 무엇보다 빛나는 경아가 옆에 있다. 오늘 밤은 그거면 됐다.

'자다가 파란이 품에서 잠들었으면, 아침까지 쭉.'

'꿈꾸다 파란이 품에서 꿈꾸었으면, 달콤하게 쭉.'

'파란이 품에 안겨 잠자다 영원히 잠들었으면.'

오늘밤. 하늘에 떠 있는 별은 마치 대추나무 가시에 찔린 노란 고름처럼 아프기만 하다.

중증 환자라는 것.

삶이 정해져 있다는 것.

생의 끝가지에 서 있다는 것.

죽음의 신비에 다가서 있다는 것.

양파의 업을 까고, 까고 마지막 중심에 다가선다는 것.

처음에는 두렵고, 무섭지만. 시간이 조금 지나면, 먼 옛날부터 손꼽아 기다리던 첫사랑과의 만남을 기다리는 듯 가슴 벅차고 설렘이 가득 차오르는 것이다.

두려움. 떨림. 설렘. 처음이라는 것. 언제나 두근거림을 준다. 마치 나팔꽃 같은 파란이 보조개처럼."

진홍이 본의 아니게 최면 유도 방법을 통해서 알게 된 사실들이다.

"파란아 나는 항상 네 곁에 머물러 있었어. 검은 고양이로, 팔랑대는 나뭇잎으로, '누군가'내려 보는 파란 하늘로. 내가 모르는 것이 있겠어."

서쪽 하늘에 쪽빛구름사이로 붉은 노을이 지고, 하루 일을 다 마친 해가 조용히 내려간다. 10월의 장미 몇 송이가 봄날의 푸름을 기억하듯이. 기억과 추억은 잔상 속에 영원하다.

'누군가'의 기억 속에 한 줌 햇살로 남아있음은 얼마만큼의 행복인가. '누군가'의 기억 속에 남아있음은 생의가장 큰 축복이다. The Memory.

진홍이 손가락에는 파란이 어머니께서 주신 다이아몬드 반지가 끼워져 있다.

세상을 산다는 것은 순리를 따르는 것인가 보다. 요즘 들어 책이나, 고지서를 보기가 불편해졌다. 눈을 찡그리고 책을 보다가 불편해서 안과를 찾아갔다. 의사 선생님 말씀이 노안이라고 해서, 안경을 맞춰 끼고 집으로 돌아왔다. 이 안경은 책을 읽거나, 다른 무엇을 볼 때만 쓰고 평상시에는 쓰지 말라는 의사 선생님의 말씀이 있었다.

새로 맞춘 안경을 쓰고 책을 보다 잠시 거실을 지나는데, 거실에 있는 큰 거울에 낯선 모습이 비쳤다. 눈가의 주름과 이마에 깊게 팬 일자주름이며 거칠어진 피부. 자세히 살펴보니 그동안 보지 못했던 내 모습이 민낯을 드러내고 본색을 드러내며 그곳에 서 있었다.

노안이 와서 안경을 맞춰 낀 뒤로는 거울 속의 내 모습을 보고 싶지 않다. 그동안 내가 생각했던 나에 대한 나의 시선은 전부 가짜 이였음을 깨진 거울 속에서 봤다.

고인 빗물 속에 비친 내 모습은 차라리 개성이라도 있지만 깨진 거울 속에 비친 내 모습은 마치 주름진 심장까지도 내보이듯이 이글이글 일그러져있다. 그동안 청춘의 아름답던 내 모습은 본디 찾을 곳이 없다.

'왜?' 사람들이 나이가 들어 노안이 오는 것인가 생각해보니 안경을 새로 맞춰 끼고 밝은 눈으로 세상을 바라보는 것도 좋겠지만 더러는 흐린 눈으로 세상을 바라보라는 것인 모양이다. 자기 자신이 늙어가는 모습을 보지 말라는 것. 자기 기억 속에 남아있는 젊은 시절의 가장 화려했던 본래의 모습을 마음에 간직하라는 것. 주름 지고 거칠어진 피부를 보지 말라는 것. 그래서 노안이 오는 것 같다. - 봄에 꽃이 피듯이, 가을에 낙엽이 물들듯이, 나이 들어 노안이 오는 것은 당연한 것인가 보다.

여배우의 멋진 실루엣처럼 보이던 부인의 모습이 고려청자였다면, 안경을 새로 맞춰 낀 눈으로 바라보는 부인의 모습이 이제는 된장 항아리처럼 보이면 좋겠는가? 나이가 들어 노안이 오는 이유는, 흐린 눈으로 세상을 아름답게 보라는 순리인 듯싶다.

고목(古木)이 우뚝 서서 새파란 새순을 틔울 수 있는 것은 가슴속에 뜨거운 피가 흐르고 있기 때문이다. 늦게 핀 10월의 장미 몇 송이가 봄날의 푸름과 향기를 기억하고 가을을 맞이하듯이. 고목은 비가 갠 어느 날, 언뜻언뜻 고인 물에 비친 자신의 모습에서 푸름을 보고 청춘을 간직하고 있기 때문이다.

우리도 마음에 청춘을 간직할 수 있는 심안(心眼)으로 세상을 바라보자. 변한 거죽보다는 녹슨 마음이 더 큰 문제이다.

너비

오래된 연못
개구리 폴짝
'풍덩!'

진홍이 아주 깊은 잠에서 깨어난다. 고요한 진홍의 내면에 '풍덩' 소리가 물결쳤다. 그 울림을 통해서 진홍은 무엇을 만났을까?

파란은 초대장을 천천히 들여다본다. 진홍이 정갈한 손 글씨로 한 자 한 자 꾹꾹 눌러서 쓴 흔적이 보인다. 파란의 집 앞 평상에는 파란이 부모님과 진홍이 부모님이 모두 모여 있다. 담당 선생님께서 면담요청을 해서 기다리는 중이다. 잠시 후 평상에는 담당전문의 선생님께서 도착을 했다.

"이제 상황극은 할 만큼 해보았으니 다른 치료법을 연구해 보겠습니다. 그동안 고생들 많으셨습니다."

지금 막 말씀하시는 선생님 이름이 이재승이다.

"머리에 전기 자극 같은 것을 주는 치료방법이 있다는 이야기를 들었어요. 위험한 것은 아닌가요?"

파란이 물어본다.

"네. 이제 그 방법도 여러 방법 중의 하나로 써볼까 하고 있어요.

원장님하고 상의해 보겠습니다."

요양병원은 파란이 큰아버지께서 할아버지, 할머니를 모시고 시골로 내려와 차리셨다. 파란이 큰아버지는 서울의 대학병원에서 알아주는 신경정신의학과 교수님이셨다. 할아버지, 할머니의 건강문제도 있고, 평소 마음의 병이 있는 분들과 정신적으로 아픔이 있는 분들에 대한 복지문제에 관심이 많으셨다. 파란이 아버지, 어머니와 상의 끝에 대학병원에 사표를 내고 이곳으로 모두 내려오셨다.

'파란이 어머니 일이 하나 더 추가되었다.'

큰아버지께서 원장이고 큰어머니께서 부원장이다. 큰어머니는 내과 전문의이다. 큰아버지께서 서울에 재직 당시 인턴인 진홍이가 전문의가 될 때까지 지도 교수로서 많이 돌봐주었다.

진홍이 아픔은 의정부로 오면서 시작되었다.

"저는 민며느리가 아니고 남색짜리예요. 남편이 자꾸 바람을 피워요."

어머니께서 진홍이 좋아하는 동치미를 시원한 국물과 함께 병원으로 싸서 가지고 오셨다. 하얗게 센 머리를 하고 허리가 활처럼 굽은, 저승꽃이 활짝 핀 파란이 할머니와 함께.

"아버지는 어떠세요?"

"아버지는 오늘 인부들하고 진홍이 아버지하고 병원 기숙사작업 좀 하시느라 더운데 고생이 많으시다."

"죄송해요. 진홍이 부모님은 어떠세요?"

"당신들이 너무 닦달해서 진홍이가 마음에도 없는 의대를 갔다가 마음에 병이 생겼다고 한탄스러워하고 있어."

"마음에 짐이 많이 무거웠나 봐요. 제가 너무 무신경했어요."

"파란이 너는 언제 집에 올 거야? 옷도 갈아입어야지."

"이제 막 왔으니 진홍이 좀 살펴보고요. 진홍이 정신이 돌아올 때 제가 옆에 있어야죠."

병원 식당에서 밥을 먹으면서 TV를 보는데 뉴스에서 마포대교 밑으로 사람이 뛰어내려 잠수부들이 수색 중이었다. 파란이 밥을 먹고 있는데 TV 뉴스 속에서는 사람이 죽었는지 살았는지 알 길이 없다. 그 상황에서도 파란이 밥을 먹고 세상은 그냥 또 돌아간다. 일분일초도 어긋남이 없이. 삶과 죽음이 모호해지는 지점이다.

진홍은 그동안 몇 차례 수면제를 절묘하게 숨기고 밤을 뜬눈으로 새웠다. 손가락의 엄지와 중지에 약을 끼우고 비비듯이 순식간에 팅겨서 환자복 소매 끝에 밀어 넣어 감쪽같이 숨긴 다음 빈손을 입에 털어 넣고 물을 한 모금 삼킨다. '누군가' 지켜보고 있는 것도 모른 채. 낮에 산책길에 얇은 돌로 연습한 보람이 있다. 몇 번을 모아야 할까? 남은 그날까지.

"그런데 저 옆에 넓적하게 우뚝 선 바위는 이름이 없어? 내가 지금 이름을 붙일까? 자살 바위라고."

"진홍아 그 이름 너무 흉하다. 바람도 구름도 모두 쉬어가라고 쉼표 바위로 하자."

바위 겉으로 새끼줄을 묶은 모양의 무늬가 있다. 파란이 지금 생각하니 예전에 했던 진홍이 말이 무섭게 다가왔다.

진홍은 수면제를 가루로 주자 계획이 어긋나는 것에 대한 짜증을 낸다. 파란이 산책 중인 진홍이 곁으로 다가가 말을 걸었다.

"우리 집이 시골 외진 산속에 있거든요. 처음 보는 순간 그 산속의 옹달샘에서 솟아오르는 물방울처럼 맑고 투명함을 보았어요."

"그거 듣기는 좋은데 왠지 외롭게 보이네요."

"듣고 보니 그럴 수도 있겠네요. 제가 왜 그것을 못 보았을까요?"

"눈이 멀어 세상을 못 보는 것이 아니고, 보고 싶은 것만 보아서 눈이 멀어 있는 것 아니겠어요."

'그분들은 영혼이 맑아서 내 웃음, 내 몸짓 하나, 내 말 한 마디 한 마디에 같이 행복하고 같이 웃을 수 있어.'

'그건 환상이야. 너도 현실을 받아들여.'

'진홍아 내가 휴일마다 산을 미친놈처럼 헤매고 다닌 것이 경아의 죽음에 대한 설움도 있었겠지만, 진홍의 모습이 마치 내 책임이고 모든 책임이 나한테 있는 것으로 생각하니 머리가 터지는 듯했어. 그래서 미친 듯이 산을 헤매고 다녔던 것이었어.'

파란은 진홍의 두 손을 꼭 잡고 용서를 구했다.

"진홍아 모든 것이 내 책임이라 생각해. 내가 받을 벌을 네가 다 받는구나. 미안해 용서해 줄 수 있니?"

우리에게 가장 큰 선물 중의 하나는 선택의 자유이다. 그러나 선택에는 반드시 책임이 뒤따른다. 내가 한 말과 내가 한 행동과 내가 한 생각이 진한 보색잔상으로 남아 그림자처럼 나를 따라다닌다는 것을 파란은 깨닫지 못했었다. 기억과 추억은 잔상 속에 영원하다. 자신이 뿌린 것은 자신이 고스란히 거두게 된다는 말 이제야 알겠다.

먼 곳을 응시하던 진홍이 마치 파란이하고 똑같이, 멀리 먼 산을 바라 보다 머리를 숙이고 땅을 응시하다 파란의 발끝에서 위로 시선을 올리며 눈을 마주 보고 엷은 미소를 띤다. 보조개가 나팔꽃처럼 쏙 들어간다. 마치 파란이 미소처럼.

"살려냈으니 끝까지 책임져야지. 파란이 너는 내 것이야."

"진홍아 나 알아보는 거야?"

"파란이 네가 다리를 다쳐 더는 운동을 못 하게 되었을 때 나는 파란이의 포근한 안식처가 되고 싶었어. 그런데 파란이 유진 선생님을 만났고, 그분한테 기대어 슬픔을 달래고 있는 모습을 보았을 때, 파란은 나를 공부하라며 계속 밀어냈지. 파란이 네가 편히 쉴 수만 있다면 유진 선생님께 기쁜 마음으로 양보할 수 있었어. 유진 선생님이 결혼을 하고, 이제는 내 차례인가 하고 가슴이 두근거리기 시작했어. 우리는 대학에 들어갔고 즐거운 만남이 잠깐 있었지. 그때 파란이 너는 경아를 만나서 아픈 사랑을 시작했어. 물론 파란이 네게는 달콤한 사랑이었겠지만. 어느 순간부터 나와의 만남은 그저 껍데기만 있을 뿐이었어. 내가 참을 수 없는 것은 경아가 잘못되어서 우리 곁을 떠났을 때. '다행이다'라고 생각하고 있는 나 자신이 너무 미웠어. 죄의식이 너무 강해서 머릿속이 산정호수에서 나무배를 탔을 때 흔들리듯이 뒤죽박죽이 됐고 터질 듯했어. 그 생각은 내가 대학원에서 석, 박사가 되었을 때까지 계속 나를 따라다니며 괴롭혔어. 지난날의 기억들이 나를 자유롭게 놓아주질 않았어. 나 파란이 너에게 고백할 게 있어. 예전에 아버님 다리 다쳐서, 시골에 내려왔을 때 우리 산정호수에서 나무배를 탔던 적이 있어. 파란이도 기억할 거야. 그때 그곳에서 경아를 본 것 같아.

아니 틀림없이 경아가 맞아. 호숫가 산 밑으로 난 산책길을 돌다 - 아마도 파란이를 찾았겠지- 우리 쪽을 보고 뒤돌아서 잠시 서있다 가버렸어. 그리고 얼마 있다 경아가 잘못되었다는 소식을 들었어."

진홍은 두 손으로 머리를 감싸 쥔 채 소리죽여 흐느끼며 말했다.

"나, 산정호수에서 경아를 보았어."

진홍이 눈물이 그렁그렁한 눈으로 파란을 쳐다보았다.

"지금은 때가 아니지만 언젠가는 해명할 날이 있으리라 생각했어. 나는 파란이 네 앞에서는 늘 덤덤한 척 행동했지만, 네가 유진 선생님과 경아하고 웃고 있는 모습을 볼 때마다 항상 불안했어. 그래서 그들을 많이 미워했어."

진홍이 커다란 두 눈에는 언뜻 알 수 없는 우울감이 감돌면서 눈에서 눈물이 흐르기 시작했다.

'경아를 죽게 한 사람은 바로 진홍이 자네야!' 누군가 경아를 꾸짖는 소리가 마음속으로부터 울려 퍼졌다.

'그냥 나를 좀 내버려둬.'

'참회한다고? 다 어처구니없는 짓이야.'

'자네가 참견할 일이 아니야.'

진홍은 그런 생각들을 몰아내기 위해 애쓰고 있었다. 파란은 진홍이 눈을 들여다보았다. 진홍의 눈은 뭔가 결핍된 느낌이었다. 진홍은 길게 한숨을 내쉬었다.

"인생은 이미 정해진 길을 가는 거야."

친구 재형이네 집에 가면. 재형이 아버님께서 그물과 투망을 한 코 한 코 따서 만들던 기억이 난다. '진홍이 말대로 인생은 이미 정해진 길을 가는 것인가? 한 코 한 코 그물을 짜듯이 운명을 개척해 나가는 것인가?' 파란은 생각한다.

진홍과 파란이 두 사람은 그동안 쌓인 오해와 감정의 앙금을 뚝뚝 떨어지는 눈물방울로 모두 털어 냈다. 진홍이가 파란이 삶에 활력을 준 따뜻한 햇살 같은 존재였다는 것만큼은 부인할 수 없는 사실이었다.

진홍에게 파란은 인생 전부였다. 파란이 다른 여자들을 만나고 돌아오면 집에서 집 나간 아이를 기다리는 어머니의 마음으로 파란을 또 두 팔 벌려 맞이했다. 파란은 진홍이 같은 친구를 두었다는 것이 얼마나 운이 좋은지 실감하는 순간들이다.

"진홍아 내가 보낸 편지와 소설책은 읽어봤어? 내가 진홍이 너를 밀어낸 것이 아니었어. 진홍이 너를 내 마음속에 하얀 눈사람으로 소중하게 간직하고 싶었어."

"편지도, 책도 잘 읽었어. CD는 간호사님께서 틀어주어서 잘 들었어. 파란이 나를 사랑하는 마음이 느껴졌어. 닫혀있던 내 마음에 파문이 일어났고 노랑나비들이 애벌레에서 깨어나 마구 쏟아져 나와 자유롭게 날아갔어. 내가 파란이 진실을 왜곡했다는 사실을 뒤늦게 깨달았어."

'진홍아 미안해 그 책은 경아가 별빛으로 이야기해준 것이야.'

'파란아 거짓말 안 해도 돼. 경아가 모두 다 알아. 이해할 거야.'

"류시화 시인의 『나는 왜 너가 아니고 나인가』 책에서 본 것인데, 나비에 대한 '파파고 족' 인디언들의 이야기야. 진홍이 네게 들려줄게."

어느 날 하늘에 사는 대추장이 휴식을 취하고 앉아 마을의 아이들이 노는 모습을 바라보고 있었다. 아이들은 웃고 노래 부르면서 뛰어놀고 있었다. 그러나 아이들을 바라보고 있는 사이에 대 추장은 마음이 슬퍼졌다. 그는 생각했다.

'저 아이들은 머지않아 늙을 것이다. 그들의 피부에는 주름살이 생길 것이다. 그들의 머리는 희게 변할 것이다. 치아도 다 잃을 것이다. 젊은 사냥꾼의 두 팔은 사냥감을 놓치게 될 것이고, 사랑스런 소녀들은 머지않아 추하고 뚱뚱해질 것이다. 지금은 즐겁게 뛰어노는 강아지들도 머지않아 눈 먼 늙은 개로 전락할 것이다. 그리고 저 아름다운 꽃들, 노랗고 파랗고 붉은색 꽃들은 시들어 떨어질 것이다. 나무의 이파리들도 가지에서 떨어져 말라 버릴 것이다. 벌써 노란색으로 변해가고 있지 않은가!'

하늘의 대 추장은 점점 더 슬퍼졌다. 어느덧 가을이었고, 사냥감과 풀들이 사라지는, 곧 다가올 추운 겨울에 대한 걱정으로 그의 마음은 더욱 무거웠다.

하지만 아직 날은 따뜻했고 태양이 비치고 있었다. 대 추장은 대지 위 인디언 마을에서 펼쳐지는 햇빛과 그늘의 놀이를 지켜보았다. 나뭇잎들은 바람에 날려 여기저기로 흩날리고 있었다. 그는 푸른 하늘을 바라보고, 여인들이 갈아 놓은 하얀 옥수수 가루를 바라보았다. 문득 그는 미소를 지었다.

'저 색깔들이 세상에서 사라지지 않도록 해야 한다. 내 마음을 가볍게 해주고, 저 아이들이 즐겁게 구경할 수 있는 어떤 걸 만들어야한다.'

대 추장은 자루를 꺼내 그곳에다 하나씩 주워 담기 시작했다. 햇빛 한 조각, 하늘의 파란색 한 움큼, 옥수수 가루의 흰색 약간, 뛰어 노는 아이들의 그림자, 아름다운 소녀의 머리칼에 있는 검정

색, 흩날리는 나뭇잎의 노란색, 소나무 이파리의 초록색, 주위에 피어난 꽃들의 붉은색과 자주색과 오렌지 빛깔…. 그는 이 모든 것들을 자루에 담았다. 잠시 생각한 뒤, 그는 새들의 노랫소리도 함께 넣었다. 그런 다음 아이들이 놀고 있는 풀밭으로 갔다.

"얘들아, 다들 이리와 보렴. 너희를 위해 내가 멋진 선물을 가져왔단다."

그는 아이들에게 자루를 건네주며 말했다.

"그것을 열어보렴. 멋진 것이 그 안에 들어 있어."

아이들이 자루를 열었다. 그러자 순식간에 수천수만 마리의 나비들이 펄럭이며 공중으로 날아올랐다. 나비들은 아이들의 머리 주위에서 춤을 추고 이 꽃에서 저 꽃으로 날아다녔다. 아이들은 신비한 눈길로 나비를 바라보면서, 이토록 아름다운 것은 처음 보았다고 말했다.

나비들이 노래를 부르기 시작했다. 아이들은 미소를 머금고 그 노랫소리에 귀를 기울였다. 이때 새 한 마리가 날아와 대 추장의 어깨위에 앉았다. 새는 말했다.

"우리의 노래를 새로 태어난 저 나비들에게 주는 건 옳지 않아요. 당신은 우리를 만들 때 모든 새들이 자기만의 노래를 갖게 될 것이라 말했어요. 그런데 이제 그 노래를 새가 아닌 다른 것들에게 주다니! 나비들에게는 아름다운 무지개 색깔을 준 것만으로도 충분하지 않은가요?"

"네 말이 옳다."

대 추장은 말했다.

"나는 모든 새들에게 자기만의 노래를 선물했다. 그것들을 다시 빼앗으면 안 되겠지."

그래서 대 추장은 나비들에게 노래를 거둬갔다. 그리하여 나비들은 침묵하게 되었다.

"그렇더라도 나비들은 얼마나 매혹적인가!"

대 추장은 그렇게 말했다.

"파란아 고마워. 이제 뭐든 감사하는 마음으로 살게. 눈에 보이는 모든 자연들, 귀에 들리는 모든 소리들, 코로 맡는 모든 향기들, 기억 속에 모아두고 늘 감사하며 느낄게. 문득 명절 때 인사 다니던 생각이 나."

"설날에 인사드리러 온다고 버스에서 내려 눈발이 휘몰아치는 그 먼 거리를 눈을 뚫고 올라와서는 발이 꽁꽁 얼었지. 추석에는 태풍이 와서 비바람이 몰아치는데도 내게 부담 준다며 전화도 없이 그냥 혼자서 왔었지."

"나는 파란이 없이는 못살아."

"나도 진홍이 없이는 못살아."

"파란아 나 한번 안아줘."

진홍은 파란이 품으로 파고들어 와락 안겼다. 손깍지를 꽉 쥐고 행복해서 눈물이 쏟아졌다. 파란은 진홍을 안는 순간 팔은 안았는데, 한쪽 손은 경아가, 다른 한쪽 손은 유진이 붙잡고 놓아주질 않았다. 파란은 진홍을 힘껏 안을 수 없어 눈물이 쏟아졌다.

"평생 안아줄게. 이대로 그냥 잠이 들고 싶어. 'ㅅ' 떨어지면 안 돼."

"파란아 나는 항상 네 곁에 머물러 있었어. 도시의 불빛 속 검은 고양이로, 팔랑대는 나뭇잎으로, '누군가' 내려다보는 파란 하늘로."

"진홍이도 나처럼 약만 잘 챙겨먹으면 아무 일 없을 거야."

'아침에 눈을 뜨면 밝은 햇살과 맑은 바람과 새들의 청량한 노랫소리가 진홍이하고 나 파란, 우리 둘을 반겨줄 거야. 그런 곳이 곧 천국이야.'

파란이 지금 생각해보니 누구에게도 "사랑해"라는 말을 하지 않았다.

"진홍아 사랑해."

진홍을 품고 바라본 하늘 위로 꼬리를 활짝 편 공작 대신 경아가 미소짓고 있었다. '오늘 하루만 더 너를 잃은 슬픔을 음미하고 싶다.'

진홍과 파란의 이야기는 세상에 떠다니는 수많은 먼지, 그 먼지 한 조각보다 작은. 어쩌면 텅 빈 공간 속에서 일어난 작은, 아주 작은 사랑 이야기다. 색즉시공(色即是空)이라고, 있는 듯 보이지만 따져보면 그 존재의 실체라 할 수 있는 것이 없어 실제는 없다. 원래 텅 빈 곳, 텅 빈 공간이지만, 진홍과 파란이 같이 있다는 것, 같이 마주하고 있다는 것, 그것은 어떤 형체나 실체가 꼭 있어야 할 필요는 없다. 마음으로 정신적으로 함께하면 언제든 같이할 수 있다. 기억과 추억이란 것이 가슴 안에 언제나 머물러 있기 때문이다.

햇볕이 좋은 날이었다. 몽상에 빠진 진홍은 바위에 배낭을 베고 누웠는데 송홧가루가 날리고, 희맑은 하늘에서 꽃잎이 하늘하늘 떨어진다.

"풍경이 너무 아름다워 눈시울을 적시고, 가슴이 뭉클하고 콧날이 시큰해졌다. 심장에 핀 도라지꽃이 아득한 환상에 흔들릴 때, 가슴 뒤 등에서 '누군가' 구석구석 송곳을 대고 망치질을 한다. 그것은 두근거림인 듯도, 그것은 통증인 듯도 하다. 쓰라림의 생생한 느낌이 경이롭다. '대상포진'같은 눈물 병. 맑고 정결한 소금 꽃이 활짝 피었다. 하얀 공작의 활짝 편 꼬리처럼 상고대가 휘날린다. 쓰라림은 '누군가'의 기억인 듯도, 추억인 듯도 하다."

"장마의 시작을 알려주듯이 무더운 공기가 무겁게 내려앉아 숨을 턱턱 거리게 만든다. 빈 세탁기에 물 높이는 최고로 맞춰 작동시키고, 나는 마루에 누워 분홍색 환상에 빠지면 파도가 '쏴 쏴' 돌아간다. 창밖으로 쏟아지는 장대비가 가닥가닥이 분홍색 환상을 싹둑싹둑 잘라놓으면 장대비를 올올이 깍둑깍둑 썰어서 기쁨의 기억과 추억을 버무려 항아리에 담아놓고 잠이 든다. '쏴 쏴', '똑딱똑딱' 다듬이질을 하면 맑고 정결하게 핀 소금 꽃이 하얀 눈으로 내려앉는다."[10]

하얀 공작의 활짝 편 꼬리처럼 기억과 추억이 상고대를 피운다. 침묵하는 나비의 기억 속에는 자기들의 노래가 있었음을 추억한다.

'누군가'의 기억 속에 한 줌 햇살로 남아있음은 얼마만큼 행복일까.

'누군가'의 분홍색 추억 속에 남아있음은 생의 가장 큰 축복이다.

너와 나, 우리 사이는 그 어디에나 운명이 항상 연결되어 있으니까.

THE MEMORY.

---

10) 채성, "핑크, 블루", 북랩출판사, 2015, p. 156~157.

에필로그

- P. S. 백중(百中)

밖은 어두웠다. 그는 빗속으로 걸어 나갔다.

날씨가 무척 좋은 날이다.

세찬 비바람과 천둥 번개가 치고 며칠째 폭풍우가 쏟아지고 있다. 비바람이 거세고 천둥 번개가 치고 폭풍우가 쏟아지는데 좋은 날이라고?

그는 비를 좋아해서 비 오는 날이면 늘 혼잣말로 되뇐다.

'오늘은 날씨가 무척이나 좋은 날이구나.'

뒤로 솟은 산봉우리, 좌우로 높은 산 밑에 저수지를 새로 만들었다. 옆으로는 계곡물이 흐르고 들판에는 억새와 들풀과 야생화가 계절마다 피고 지고하며 조화롭게 공존하며 살아 있다. 야생화는 어둠이 밀려와도 청춘을 간직한 채 시들지 않는 꽃으로 나비를 기다린다.

키(나비질) 모양의 산세중심에는 잘 다듬어진 초가집의 찻집이 있다. 저녁이면 석양빛이 유리창을 뚫고 들어와 찻집을 분홍색으로 물들인다. 영업을 시작할 시간이다. 우리는 여름에 개업해서 벌써 5개월째 영업을 하고 있다. 하루도 쉬지 않고. 매일 밤.

어둠이 밀려와 달이 차오르면 달빛 신비에 다가서는 침묵.

밤하늘의 별이 빛나고, 달빛도 은은하게 비춘다. 소나무 숲에서 울어대는 참새 떼의 무거운 속삭임은 잠잠해졌고, 계곡물의 낙수 치는 소리는 침묵의 신비에 다가서는 마음에 더 깨우침을 준다. 영업을 마칠 시간이다. 이 찻집은 밤에만 영업한다.

새벽이 오면 저수지는 모두 얼고, 그 위로 풀 먹인 하얀 광목천을 깔아 놓은 듯 하얀 눈이 소복이 내려앉는다. 저수지 주위의 억새에 서리가 얼어 상고대가 하얀 공작의 꼬리처럼 하얗게 꽃을 피운다. 고고한 소나무 위에도 하얀 눈이 내려앉아 상고대와 함께 햇볕에 반짝인다.

'찻집의 이름은 [사랑을 삽니다]. 내가 팔 사랑이 있을까? 내가 왜 사랑을 팔아야지? 남의 사랑을 사서 어쩌려고? 사랑이 팔고 사는 물건인가? 사랑을 한 번도 못해본 사람일까? 주인은 본인이 노력해서 얻어내는 가장 신성한 행위가 사랑인 것을 모르는 것일까?'

그렇게 들어온 손님들이 여인 앞에만 앉으면 신기하게도 모두 고백을 한다.

남자는 머리를 길게 길러서 굵은 웨이브 파마를 하고 뒤로 꽁지머리를 묶었으며, 수염은 덥수룩하다. 여자는 단발머리에 검은 생머리다. 찬란하기가 밤하늘의 별과 같다. 영롱하기가 매화꽃봉오리에 맺힌 이슬 같다. 기품이 바위를 뚫고 서있는 사철 푸른 소나무 같다. 찻집은 밖에서 보는 것보다 넓었다. 테이블마다 초가 켜

있고, 제법 손님이 많았다.

진달래 차. 도라지 차. 아카시아 꽃차. 아카시아 꿀차. 밤나무 꿀차.
두견주. 솔잎 주. 도라지 주. 칡 주. 더덕 주.
- 가격은 형편껏. 사랑을 팔면 무료입니다. -

남자가 내게 다가온다.
"무엇을 드릴까요? 선택하시면 말씀하세요."
여자가 차를 다 마신 손님들에게 파란색 편지지를 내밀어준다.
[못다 한 내 마음을]이라 써져있다.
"말씀하신 사랑을 담아 누군가에게 하고 싶은 말이 있으면 직접
쓰셔도 좋고, 제가 대신 써 드릴 수도 있어요. 주소는 직접 작성
해서 우표를 붙이세요."
남자가 내가 주문한 밤나무 꿀차를 들고 다가섰다. 이제 손님은
나 혼자뿐이다.
"새벽까지 영업하니 편한 시간에 말씀 나누시고, 사랑을 팔 게
없으면 그냥 가서도 됩니다."
정리를 다 마친 남자가 여자에게 묻는다.
"진홍이! '살아있다'라는 것의 진리가 뭐야?"
"파란이 너는 꼭 예고도 없이 스트레이트를 날리더라."
"진홍이 너는 순발력이 좋잖아."
"삶이란, 숨 한번 들이쉬고 한번 내쉬는 것. 죽음이란, 숨 한번
들이쉬고 내쉬지 않는 것. 이게 진리 아닐까?"

나는 진홍이라 불린 여자를 부른다.
진홍이 [못다 한 내 마음을] 파란색 편지지를 들고 다가선다.
"제 사랑을 담아 편지를 써주실 수 있을까요?"
"네. 편하게 말씀하세요."
손님은 흐느껴 울며 이야기를 했고, 진홍은 편지를 썼다.

인어공주가 꿈꾸는 사랑

당신에게 남겨진 날들만큼 나에게 남겨진 그만큼의 날들
그 하루하루가 아름답고, 하루하루를 사랑하게 하며,
지금 나에게 너무나 사랑하는 당신이 있어 행복하지만
우리가 못다 한 사랑보다 우리가 이루지 못한 사랑이
안타까움으로 남아 있습니다.

나에게 허락된 삶의 길이가 비록 짧을지라도
가슴이 찢겨 온통 누더기가 될지라도
사랑할 수 있다는 그 사실 하나만으로도
사랑할 수 있었다는 그 사실 하나만으로도
충분히 행복했습니다.

이미 많은 날이 흘렀지만 다가올 많은 날
당신과 함께 하는 아름다운 꿈을 꾼다면
내 가슴속에 묻어 두었던 그 사랑

당신의 밝은 웃음을 위하여 사랑할 수 있는
마음의 여유를 남겨 두겠습니다.

몸이 아프고, 마음이 아프고, 사랑으로 인해
가슴이 아픈 지금. 당신의 밝은 웃음을 위해
보답을 바라지 않는 순수한 마음으로
사랑받기 위한 삶이 아닌 사랑하여 행복한 삶으로
당신의 영혼까지도 사랑하겠습니다.

마음을 비우면 인생이 이렇게 아름다운 것을
부족한 열정과 작은 것들에 대한 소홀함으로
사랑을 저울질했던 가슴 아팠던 지난날 모두 잊고
순수한 영혼으로 다시 태어나 이루지 못한
그 사랑을 이루겠습니다.

모든 사람이 우리의 사랑을 비난하여도 그들에게
그녀는 나의 '연인'이라고 자신 있게 말하겠습니다.

　손님이 주소를 쓰고, 우표를 붙이고 문 옆에 있는 우체통에 편지
를 넣은 뒤 찻집 밖으로 나가자 여명이 밝아 오고 우체통에 불이
들어왔다.
　　　- 이 편지들은 수신인들의 꿈속으로 배달합니다. -